Marcia Germaine Hutchinson

Ich bin schön!

Marcia Germaine Hutchinson

Ich bin schön!

Workshop für ein positives Selbstbild

Deutsch von Ute Galter

ARISTON

Die Deutsche Bibliothek – CIP-Einheitsaufnahme

Hutchinson, Marcia Germaine:
Ich bin schön! : Workshop für ein positives Selbstbild /
Marcia Germaine Hutchinson.
Aus dem Amerikan. von Ute Galter. –
Kreuzlingen ; München : Ariston-Verl., 1999
Einheitssacht.: Transforming body image < dt. >
ISBN 3-7205-2067-6

Die amerikanische Originalausgabe erschien unter dem Titel
»Transforming Body Image« im Verlag Crossing Press, Freedom/USA.

Umschlaggestaltung: Manu Böhler, Überlingen
Umschlagfoto: Tony Stone Images/John Millar
Satz: EDV-Fotosatz Huber/Verlagsservice G. Pfeifer, Germering
Druck und Bindung: Wiener Verlag, Himberg bei Wien

ISBN 3-7205-2067-6

Dieses Buch ist den vielen Frauen gewidmet, die den Mut hatten, mir und meiner Methode zu vertrauen und sich in unbekannte Tiefen vorzuwagen. Wenn Ihr Euch so sehen könntet, so, wie ich Euch sehe, dann wüßtet Ihr, was Schönheit ist. Ohne Euch gäbe es dieses Buch nicht.

In einer Frühlingslandschaft
gibt es nichts Hohes
und nichts Niederes;
blühende Zweige sind
mal kurz,
mal lang.

Zen-Sprichwort

Inhalt

Einführung 9

I. Irrwege 21
1. Frauenseele – Frauenkörper 23
Ihre Persönlichkeit 23
Ihr Körper 30
2. Nutzen Sie Ihre Vorstellungskraft! 39

II. Das psychologische Werkzeug 45
3. Setzen Sie sich Ziele! 47
Übung 1: Entscheidungen treffen 48
4. Trainieren Sie Ihre Phantasie! 51
Übung 2: Entspannung lernen 52
Übung 3: Imaginierte Sinneseindrücke 55
Übung 4: Der imaginierte Körper 58
5. Lernen Sie Ihr Körperbild kennen! 63
Übung 5: Den eigenen Körper erforschen 64
Übung 6: Der imaginäre innere Spiegel 70
Übung 7: Türen öffnen 74
6. Kulturelle Wurzeln 83
7. Beschäftigen Sie sich mit Ihrer Herkunft! 89
Übung 8: Die Zeit zurückdrehen 90

Übung 9: Familienbilder 94
Übung 10: Elternbilder 98
8. Wer hat Ihr Körperbild geprägt? 107
Übung 11: Imaginärer Besuch 108
Übung 12: Eisenketten 110
9. Woran halten Sie fest? 117
Übung 13: Mäntel der Identität 118
Übung 14: Die Frau in der Falle 123
10. Entdecken Sie Ihre innere Stimme! 129
Übung 15: Lernen Sie Ihre Widersacherinnen kennen! 131
Übung 16: Ein Gespräch mit Ihrem Körper 138
Übung 17: Post 142
11. Mentale Gymnastik 145
Übung 18: Die rosa Pille macht mich schwer 145
Übung 19: Bewegungsmuster 149
12 Wie Sie lernen, Ihren Körper zu mögen 159
Übung 20: Atmen vor dem Spiegel 160
Übung 21: Imaginierte Massage 165
13. Der Kreis schließt sich 171
Übung 22: Ihre persönliche Wandlungsgeschichte . . 172

III. Der Weg nach Hause 179

Vier Frauen – vier persönliche Berichte 181

Nachwort 195

Danksagung 199

Adressen 201

Literaturtips 203

Die Autorin 205

Einführung

Schon als Kind habe ich mir Gedanken über mein Äußeres gemacht. Ich spürte, daß mit meinem Körper etwas nicht stimmte: Ich war viel zu unförmig, zu stämmig und zu muskulös, um nach dem Ideal der vierziger und fünfziger Jahre – meiner Jugendzeit – als feminin und somit als schön zu gelten. Auch wenn ich kein Gramm Fett zuviel habe, wirke ich robust und bringe mehr als mein »Normalgewicht« auf die Waage. Kleidung von der Stange paßt mir nie auf Anhieb. Und ich scheine bereits zuzunehmen, sobald ich das Essen nur ansehe – abnehmen und mein Gewicht halten kann ich dagegen nur unter größten Anstrengungen und ständigen Entbehrungen.

Die Art und Weise, wie ich mich sehe und mich in meinem Körper fühle – mein Körperbild also – hat sich als die größte Hürde in meiner persönlichen Entwicklung erwiesen. Ich war von meinem gräßlichen Aussehen geradezu besessen und hielt mir ständig vor Augen, wie sehr mein Körper dem herrschenden Schönheitsideal und meinen eigenen Wunschvorstellungen widersprach. Dieser Wahnsinn übertrug sich auf sämtliche Lebensbereiche und hatte verheerende Folgen. 43 Jahre meines Lebens habe ich meinem körperlichen Makel einen solchen Stellenwert eingeräumt, daß ich mir selbst ganz fremd wurde. Wenn ich in den Spiegel sah, kam ich gar nicht auf die

Idee, daß in diesem Körper eine liebenswerte Frau wohnte: ich selbst.

Heute macht mich der Gedanke traurig, daß ich anderen erlaubt habe, über mein Verhalten und mein Selbstbild zu bestimmen. Ich war zutiefst davon überzeugt, daß sie mich ebenso streng beurteilten wie ich selbst und in mir nichts anderes sahen als eine Ansammlung von Makeln. Ich war so schüchtern, unbeholfen und in mich gekehrt, daß viele Menschen mich ignorierten oder ablehnten. Ich gab ihnen allen Grund dazu.

In Gruppen zog ich mich vollkommen zurück und wurde entsprechend übergangen. Das kränkte mich zutiefst, weil ich wußte, daß mir dadurch vieles entging: Ich bekam keine Gelegenheit, interessanten Menschen zu begegnen und mich mit anderen auszutauschen, und so konnte auch niemand meine Fähigkeiten und persönlichen Eigenschaften schätzen lernen. Jahrelang betrachtete ich mich als ein Niemand. Da man mich nicht bemerkte, existierte ich auch nicht. Je schlechter es mir ging, desto besser gelang es mir, mich zu verstecken. Insgeheim kam ich mir vor wie ein unentdeckter Schatz, dessen Wert nur für ganz besonders sensible Menschen erkennbar war. Ich wurde auch tatsächlich von einigen »entdeckt«, aber ich darf gar nicht daran denken, wie viele mich einfach übersahen.

Wenn ich andere Frauen kennenlernte, wurde ich unsicher, gehemmt und neidisch und fühlte mich ihnen nicht gewachsen. Bei schlanken Frauen stellte ich mir vor, wie glücklich sie wohl waren, wie sie von ihren Partnern geliebt und bewundert wurden, wie frei und unbefangen sie sich auszogen oder den Strand entlangschlenderten. Heute sehe ich Schönheit nicht mehr als Garant für Glück und Zufriedenheit. Ich bilde mir nicht mehr ein, alles wäre wunderbar, wenn ich nur dünner wäre. Genaugenommen war ich in den Zeiten, in denen ich schlank war (obwohl ich das damals natürlich nicht so empfand), keineswegs glücklicher als in meinen »fetten Jahren«. Zugegeben, es war einfacher, passende Kleidung zu finden, aber das war auch schon alles. Ich war stets auf das Urteil anderer fixiert, weil ich mit mir und meinem Körper nach wie vor streng umging. Die Männer, die sich von mir angezogen fühlten, wollten mich nicht wirklich kennenlernen oder eine ernsthafte Beziehung mit mir eingehen. Sie interessierten sich aus den falschen Gründen für mich – sie wollten sich mit mir schmücken. Meine wichtigsten und dauerhaftesten Beziehungen begannen, als ich eher dick war.

Mein Gewicht hat bereits alle Hoch- und Tiefstände durchlaufen, wobei die Hochstände überwogen. Aufgrund meines Körperbaus und meiner Veranlagung neige ich ohnehin zu Übergewicht, und der ständige Wechsel zwischen Hungern und übermäßigem Essen hat meinen Stoffwechsel so durcheinander gebracht, daß ich heute, obwohl ich mich bewußt und zurückhaltend ernähre, nicht von meinem Übergewicht herunterkomme.

Zweifellos haben es dicke Frauen in einer Welt der Dünnen nicht leicht. Das hat mir jahrelang großen Kummer bereitet – und es hat mich geprägt. Wie viele andere Menschen hatte auch ich zahlreiche Vorurteile über Dicke verinnerlicht und sie gegen mich selbst gewendet, um mich für meine überdurchschnittlichen Körpermaße zu bestrafen. Ehrlich gesagt finde ich mich in diesen stereotypen Bildern heute nicht mehr wieder. Freßanfälle habe ich seit vielen, vielen Jahren nicht mehr erlebt. Ich bin ausgeglichen und stehe mit beiden Beinen fest auf der Erde. Ich bin gesund, stark, fit, gelenkig und voller Anmut. Intimität, Freundschaft und sinnvolle Arbeit sind Teil meines Lebens. Ich lebe nach meinen eigenen Vorstellungen. Und ich habe Übergewicht.

Nach vielen Kämpfen kann ich meinen Körper heute so annehmen, wie er ist. Inzwischen weiß ich, daß es mich ungeheuer viel Kraft kosten würde, abzunehmen und mein Gewicht zu halten. Diese Energie setze ich lieber sinnvoller ein, zum Beispiel indem ich dieses Buch schreibe. Das ist eine bewußte Entscheidung.

Im Laufe der jahrelangen Auseinandersetzung mit meinem Körper habe ich eine Therapie gemacht, mich mit unzähligen

Diäten gequält, Tanzkurse besucht, still vor mich hin gelitten oder mich mit anderen betroffenen Frauen ausgetauscht – um nur einiges zu nennen. Doch ich blieb so lange in meinem Kampf mit mir selbst verstrickt, bis ich ein Schlüsselerlebnis hatte.

In der Hoffnung, damit ein chronisches Rückenleiden zu kurieren, hatte ich mich jahrelang intensiv mit der Feldenkrais-Methode beschäftigt, einer Bewegungstherapie, die Körper und Seele gleichermaßen einbezieht. Mit Hilfe bestimmter Bewegungsabfolgen kann man durch sie den eigenen Körper auf eine spielerische, kindliche Art erforschen. Meinen Körper nach der Feldenkrais-Methode zu erleben verschaffte mir nicht nur eine immense Linderung meiner Rückenschmerzen; ich lernte meinen Körper darüber hinaus auch als gut funktionierende Einheit schätzen. Ich näherte mich ihm plötzlich auf eine verspielte, neugierige Art und kam mir zum ersten Mal in meinem Leben leicht und beschwingt vor.

Beim letzten Treffen der Feldenkrais-Gruppe zeichneten wir unsere Bewegungsabläufe mit einem Videogerät auf, und danach setzte ich mich mit beträchtlichem Herzklopfen vor den Bildschirm. Was ich sah, wurde durch mein Körperbild verzerrt: Ich erkannte nämlich nichts anderes als einen Koloß mit ausladendem Hinterteil. Ich war untröstlich.

Und plötzlich verwandelte sich das, was ich sah, in ein Körpergefühl. Ich kam mir vor wie ein Baumstumpf: zu klein, zu klobig, zu unbeweglich – einfach unerträglich. In diesem Augenblick haßte ich meinen Körper zutiefst. Diese schmerzliche doppelte Erfahrung (dessen, was ich sah, und dessen, was ich fühlte) brachte mich auf die Frage, wie es kommt, daß eine Frau zur Gefangenen ihres verzerrten Körperbildes wird. Noch wichtiger: Ich überlegte, wie eine Frau ihr Verhältnis zu ihrem Körper so weit verändern könnte, daß sie ihn schließlich akzeptiert.

Allmählich kristallisierten sich mehrere Erkenntnisse heraus. Mein eigenes Körperbild hatte, wenn überhaupt, nur wenig mit meinem wirklichen Körper zu tun. Ich konnte, objektiv betrachtet, gut aussehen und mich dennoch dick und häßlich fühlen. Das gleiche galt auch umgekehrt. Wenn ich ein verzerrtes Körperbild habe, nehme ich die Realität nicht mehr wahr.

Mir wurde klar, daß es sich bei meinem Körperbild um ein Produkt meiner Phantasie handelte. Also mußte ich doch auch in der Lage sein, es durch das bewußte, zielgerichtete Arbeiten mit meiner Phantasie zu verändern. Vor fünf Jahren untersuchte ich dieses Problem schließlich im Rahmen meiner Doktorarbeit und entwickelte einen kreativen Lösungsansatz.*

Für eine Versuchsreihe stellte ich eine Gruppe von Frauen zusammen, die ihren eigenen Angaben zufolge ein negatives Körperbild besaßen. Ich bat sie, ihre Gefühle zu bestimmten Aspekten ihres Körpers und ihrer Persönlichkeit in eine Werteskala einzuordnen, und führte mit jeder Frau ein Einzelgespräch. Dann teilte ich die Teilnehmerinnen in zwei gleich große Gruppen auf. Die eine Gruppe begleitete ich bei einem siebenwöchigen therapeutischen Prozeß, den ich zuvor entwickelt hatte. In diesem experimentellen Workshop fanden zahlreiche Frauen durch die Methode der Visualisierung einen neuen Zugang zu ihrem Körperbild. Viele alte Wunden begannen zu heilen. Der Prozeß fand nur zum Teil in der Gruppe statt; daneben arbeitete jede Frau für sich, indem sie ihre persönlichen Erfahrungen zu bestimmten Leitfragen in einer Art Tagebuch festhielt. Die Kontrollgruppe verbrachte diese sieben Wochen ohne begleitenden Prozeß. Nach Abschluß des Workshops wiederholte ich mit allen Frauen den Eingangstest und die Einzelgespräche: Bei den Teilnehmerinnen des Workshops hatten sich sowohl Körper- als auch Selbstbild erheblich verändert, und ein halbes Jahr später war diese neue Einstellung zu

---

* Sankowsky, M. H. (alias M. G. Hutchinson): The effect of a treatment based on the use of guided visuo-kinesthetic imagery on the alteration of negative body-cathexis in women (»Die Wirkung von visuell-kinästhetisch angeleiteter Körperbildarbeit zur Veränderung negativer Körper-Kathexie bei Frauen«), Universität von Boston 1981 (unveröffentlichte medizinische Dissertation).

sich selbst bei einem Großteil der Frauen noch immer vorhanden oder hatte sich sogar noch gefestigt.

Den Workshop, den ich seither anbiete, habe ich in der Zwischenzeit kontinuierlich verbessert. Heute besteht er aus einem wöchentlichen zweistündigen Treffen über einen Zeitraum von zehn Wochen und beinhaltet neben Visualisierungen und den Tagebuchaufzeichnungen auch Elemente der Feldenkrais-Methode. Die Arbeit in der Gruppe unterstützt die Teilnehmerinnen dabei, ihre eigene innere Auseinandersetzung zu führen und zu einem neuen Körperbild zu gelangen. Diesen Prozeß biete ich auch Ihnen im vorliegenden Buch an.

Mit großer Befriedigung habe ich in den vergangenen fünf Jahren miterlebt, wie viele Frauen lernten, sich in ihrem Körper zunehmend wohler zu fühlen. Viele mögen ihn heute so, wie er ist, andere haben ihr Äußeres liebevoll verändert, und einigen verhalf die neue Zuwendung zu ihrem Körper zu einer gesünderen Lebensführung, die sie schließlich ihr Normalgewicht erreichen ließ.

Seitdem ich mich mit dem Thema Körperbilder auseinandersetze, werden innere Werte für mich immer wichtiger. Ich habe gelernt, mich so, wie ich bin, zu mögen und wertzuschätzen. Dieser Prozeß hat mich deutlich verändert. Ich behaupte keineswegs, das Äußere sei unwesentlich; aber zunächst einmal müssen Sie sich selbst mögen und sich innerlich schön fühlen – erst dann werden Sie Ihre äußere Schönheit überhaupt wahrnehmen und schließlich auch genießen.

Meine eigene Entwicklung ist noch lange nicht zu Ende. Noch immer gibt es schlechte Tage, an denen ich mir selbst zuwider bin. Doch die meiste Zeit über fühle ich mich in meinem Körper wohl und bewege mich gern in ihm. Ich bilde mir nicht ein, daß meine Figur demnächst weltweit zum Schönheitsideal erklärt wird. Ich mache mir in bezug auf meinen Körper überhaupt nichts vor. Ich weiß, daß Verbesserungen möglich sind, sobald ich mich reif für sie fühle und mich bewußt für sie entscheide. Aber weitaus wichtiger ist für mich die Erkenntnis, daß ich viel, viel mehr bin als mein Körper –

ich mache mein Selbstwertgefühl nicht mehr von meinem Äußeren abhängig.

Bei meinem Bemühen, mit meinem Körper endlich Frieden zu schließen, war ich ganz auf mich allein gestellt, ohne einen Workshop oder ein Buch wie dieses. Ich habe einfach viel ausprobiert und aus meinen Fehlern gelernt. Ganz gewiß haben die Entwicklung meines Workshops und die Erfahrungsberichte von Hunderten von Frauen meinen Horizont erweitert: Ich sehe viel klarer, was wir tun müssen, um Irrwege zu verlassen und wieder zu unserem Körper zu finden. Ich habe in meiner Seele, in meinem gesamten Innenleben gründlich aufgeräumt. Ich bin immer geneigter, denen zu verzeihen, die mich tief verletzt haben – und ich verzeihe mir selbst, daß ich nicht so aussehe, wie ich es mir immer erträumt habe. Meine Arbeit mit der Feldenkrais-Methode verleiht mir ein Gefühl von Leichtigkeit, Zufriedenheit und Anmut. Heute fühle ich mich in meinem Körper *zu Hause.*

Mein Körperbild zu verändern bedeutete, daß ich auch dann zu mir stand, wenn manche Leute mich anders, vielleicht auch weniger positiv sahen. Enorme Unterstützung fand ich dabei in Freundinnen und Freunden, die unabhängig von meinem Äußeren zu mir hielten. Und doch konnte ich ihre Zuneigung erst wirklich zulassen, als ich mich selbst anders sehen gelernt hatte. Sich schön zu *fühlen* ist viel wichtiger, als schön *auszusehen.* Die innere Veränderung ist Voraussetzung für die äußere.

Am meisten berührt hat mich das Leid der vielen wirklich bezaubernden Frauen, die soviel Haß auf ihren Körper empfanden. Ich fing an, unseren althergebrachten Schönheitsbegriff in Frage zu stellen. Mit jedem Treffen kam mir die Sinnlosigkeit unserer inneren Kämpfe deutlicher zu Bewußtsein. Plötzlich sah ich, welche Unmengen an Energie wir auf unseren Selbsthaß verschwenden. Die schmerzlichen Erfahrungen dieser Frauen und ihr persönlicher Wachstumsprozeß werden Sie durch das gesamte Buch begleiten.

In unserer Gesellschaft akzeptieren die meisten Frauen

ihren Körper nicht so, wie er ist – ja, es kommt geradezu selten vor, daß Frauen nicht mit ihrem Körper in Fehde liegen. Eßstörungen wie *Anorexia nervosa* (Magersucht) oder Bulimie (Eß-Brech-Sucht), einst seltene, kaum bekannte Erscheinungen, sind heutzutage weit verbreitet. Sie sind der extreme Ausdruck der in unserem Kulturkreis üblichen Trennung von Körper und Seele und wirken dem ganzheitlichen Wohl des Menschen entgegen: Der Körper wird zum Fremdobjekt beziehungsweise zum verhaßten Gegenspieler.

Wenn wir uns in unserem Körper nicht wohl fühlen, werden sämtliche Lebensbereiche in Mitleidenschaft gezogen. Wir sind so sehr mit unseren Unzulänglichkeiten beschäftigt – seien es nun Gewicht, Körperbau, Falten, Pickel, übermäßiger Haarwuchs oder körperliche Behinderungen –, daß wir unsere Entfaltungsmöglichkeiten nicht voll ausschöpfen. Würden wir nur einen Bruchteil der Energie, die wir mit dem Haß auf unseren Körper vergeuden, als Treibstoff für Kreativität und Wachstum nutzen, so wären wir auf dem Weg zu unseren Lebenszielen schon ein beachtliches Stück weitergekommen.

Abscheu und Selbsthaß sind keine Basis für unsere Selbstverwirklichung. Erst wenn wir ein realistisches Bild davon haben, wer wir jetzt schon sind, können wir uns persönliche Ziele setzen. Solange wir uns aus reinem Selbsthaß zu Diäten oder Enthaltsamkeit zwingen, wird sich unser Körper gegen uns auflehnen, und wir werden bei jeder Gelegenheit einen Rückschlag erleben. Ein Fitneßprogramm wird nur dann den gewünschten Erfolg haben, wenn wir es mit Bedacht angehen und unseren Körper rücksichtsvoll behandeln. Nur wenn wir ihn lieben und respektieren, wird er so reagieren, wie wir es uns wünschen. Wir müssen uns selbst kennen- und schätzenlernen, um uns zu verändern.

Diese innere Aussöhnung ist ein lebenslanger Prozeß. Sein Erfolg hängt davon ab, daß Sie wieder auf Ihren Körper hören, seine Signale wahrnehmen und ihm vertrauen. Lösen Sie sich von den negativen Klischees in Ihrem Kopf und stärken Sie statt dessen jenen Teil in Ihnen, der klar sieht und nach Ganzheit strebt. So werden Sie allmählich Ihr individuelles Äußeres annehmen lernen und fortan mit einem realistischen Ziel vor Augen auf die volle Entfaltung Ihrer Persönlichkeit hinarbeiten. Bei diesem Prozeß ändern Sie nicht Ihren Körper, sondern Ihre Einstellung.

Ist es nicht höchste Zeit, daß Sie einmal zu hören bekommen, Ihr Körper sei in Ordnung, und zwar genau so, wie er ist? Wollen Sie nicht endlich einmal erfahren, wie Sie Körper und Seele wieder miteinander in Einklang bringen können? Haben Sie die ständigen Ratschläge zum Thema »So werde ich schön« nicht auch endgültig satt? In diesem Buch geht es nicht darum, Ihren Körper zu verändern. Hier lernen Sie, Ihren Körper zu mögen und sich in ihm wohl zu fühlen.

Zum Gebrauch dieses Buches

Wenn Sie die Hinweise zu jeder Übung beachten, können Sie sie selbständig in der vorgeschlagenen Reihenfolge durchführen. Sie bauen aufeinander auf, auch wenn manche von ihnen sich ebenso unabhängig voneinander durchführen lassen. Sicherlich wird das Lesen allein Sie ein Stück weiterbringen, doch wenn Sie grundlegende Veränderungen wollen, sollten Sie die Übungen auch tatsächlich *durchführen.*

Mit ihrer Hilfe werden Sie Ihr Körperbild besser kennenlernen: Wie sieht es aus und woher kommt es? Was sind die eigentlichen Bedürfnisse Ihres Körpers? Wie können alte Wunden heilen? Und wie verändern Sie Ihre innere Einstellung, damit Sie sich endlich schön finden und in Ihrem Körper wohlfühlen?

Dieses Buch verspricht keine schnellen Lösungen. Da Sie Ihr jetziges Körperbild nicht über Nacht entwickelt haben, werden Sie es auch nicht von heute auf morgen verändern. Für einige ist der Weg kürzer, für andere länger. Planen Sie für die Arbeit mit diesem Buch mindestens zehn Wochen ein und gehen Sie in Ihrem eigenen Tempo vor. Eine so grundlegende Verhaltensänderung braucht einfach ihre Zeit. Setzen Sie sich also nicht selbst unter Druck.

Sie können die Übungen durchaus allein machen, aber wenn Sie Frauen mit ähnlichen Problemen kennen, sollten Sie sich vielleicht zusammentun. Die Auseinandersetzung mit dem eigenen Körper kann heikel und schwierig sein, und viele Übungen rufen möglicherweise starke und zum Teil schmerzliche Gefühle in Ihnen wach. Andere Frauen können Ihnen auf Ihrem persönlichen Weg zur Seite stehen, und Sie können sich gegenseitig ermutigen.

Die Übungen basieren vor allem auf der Arbeit mit der eigenen Imagination – jener heilenden Kraft, die uns allen zur Verfügung steht.

Sie können zunächst jeden einzelnen Schritt lesen und sich dann innerlich damit auseinandersetzen. Effektiver ist es allerdings, sich durch die Übungen führen zu lassen. Wenn Sie mit einer Freundin oder einer Kleingruppe zusammenarbeiten, begleiten Sie einander am besten abwechselnd. Für die Einzelarbeit sollten Sie die Übungen vorher auf Kassette aufnehmen und beim Anhören nach jedem Schritt eine Pause einlegen (in der Anleitung durch drei Auslassungspunkte gekennzeichnet: ...), um sich mit Ihren inneren Bildern auseinanderzusetzen.

Eine kurze Einführung und zuweilen auch bestimmte Leitfragen sollen Sie auf die jeweilige Thematik einstimmen. Bitte lassen Sie sich genug Zeit, um über diese Fragen nachzudenken; das regt Ihre Phantasie an und erleichtert Ihnen die anschließenden Visualisierungen.

Auf jede Übung folgt ein Arbeitsblatt mit Fragen, die Ihnen bei der Interpretation Ihrer Bilder helfen sollen. Am besten schreiben Sie Ihre Antworten sofort nach der jeweiligen Übung auf: Innere Bilder sind äußerst flüchtig, und je länger Sie warten, desto eher lösen sie sich auf. Lassen Sie das Arbeitsblatt bitte auf keinen Fall aus – es spielt im Gesamtprozeß eine entscheidende Rolle, da hier beide Gehirnhälften gleichermaßen angesprochen werden. Während die rechte für das Vorstellungsvermögen zuständig ist, werden die Bilder mit Hilfe der linken in Sprache umgesetzt. Erst dadurch machen Sie eine ganzheitliche Erfahrung.

Schließlich finden Sie unter dem Abschnitt Zum Nach- und Weiterdenken am Schluß eines jeden Kapitels einige Anregungen zum jeweiligen Thema. Daneben kommen auch einige meiner Kursteilnehmerinnen zu Wort, deren Berichte Ihnen wichtige Aspekte veranschaulichen werden.

Teil I

Irrwege

1 Frauenseele – Frauenkörper

Bei einem Mann ist nur sein Kopf relevant.
Wer achtet schon darauf,
wie er aussieht oder sich kleidet?
Die Frau dagegen ist ganz und gar ihr Körper.

Ambrose Bierce

Ihre Persönlichkeit

Bei einer Frau sind Körper und Selbstachtung eng miteinander verknüpft. Sind Sie mit sich selbst unzufrieden, so machen Sie möglicherweise Ihren Körper dafür verantwortlich. Ebenso leidet Ihr Selbstwertgefühl, wenn Sie mit Ihrem Äußeren hadern. Anders als bei Männern scheinen Körper- und Selbstwertgefühl bei Frauen untrennbar miteinander verknüpft zu sein. Frauen, die ihren Körper abschätzig betrachten, werten sich häufig auch als Person ab. Oder ist es womöglich so, daß Frauen, die sich als Person nicht mögen, meist auch ihren Körper ablehnen? Es ist die klassische Frage: Wer war zuerst da, das Huhn oder das Ei?

Von klein auf wird uns Frauen eingetrichtert, der Körper sei der Schlüssel zu unserem Leben. Darüber vergessen wir dann, daß noch andere Faktoren unsere Persönlichkeit ausmachen.

Bei Mißerfolgen oder Enttäuschungen muß unser Körper als Sündenbock herhalten – mögliche Ursachen in unserem Verhalten oder unserer Persönlichkeit ignorieren wir schlicht. Dieser unselige Körper und unser verzerrtes Bild von ihm begleiten uns auf Schritt und Tritt.

Ich bin einfach zu dick und sehe nicht gut aus, sonst hätte mich dieser interessante Mann bestimmt nicht übersehen; daß ich vor Angst ganz erstarrt war, spielt in diesem Zusammenhang gewiß keine Rolle. Nicht ich, sondern die Arbeitskollegin wird befördert – das kann nur daran liegen, daß mein Äußeres nicht professionell genug wirkt; ich ignoriere dabei die Tatsache, daß sie die Chefetage unermüdlich mit neuen Ideen beeindruckt, während ich mich im Hintergrund halte.

Andere Menschen sind für uns wie ein Spiegel, der unsere Selbstwahrnehmung reflektiert. Bei einem gesunden, positiven Selbstbild begegnen sie uns ebenfalls positiv. Betrachten wir uns und unseren Körper dagegen als unzulänglich, sehen auch andere uns in einem solchen Licht. Wir haben großen Einfluß darauf, wie andere auf uns reagieren.

Inwieweit lassen Sie sich im Umgang mit anderen Menschen von Ihren Gefühlen für Ihren Körper beeinflussen?

Viele von uns fühlen sich in Gesellschaft unsicher: Häufig ziehen wir uns bereits zurück, bevor andere überhaupt die Gelegenheit hatten, uns interessant oder langweilig zu finden; und wenn dann noch jemand auf uns zugeht, weisen wir sie oder ihn aus unerfindlichen Gründen zurück. Ähnlich wie Groucho Marx treten wir keinem Club bei, der uns aufnehmen würde – denn er beweist damit ja schlechten Geschmack. Viele Frauen pflegen überhaupt keine Kontakte mehr, ziehen sich vollkommen in ihre eigene, kleine Welt zurück und werden dadurch immer einsamer und frustrierter.

Wenn wir uns ständig Sorgen um unser Äußeres machen, wird es schwierig, mit anderen zusammenzusein. Unsere Egozentrik entfremdet uns anderen Menschen und verbraucht sämtliche Energiereserven. Tragfähige und enge Beziehungen lassen sich so nicht aufbauen.

Wenn es Ihnen so geht wie vielen Teilnehmerinnen an meinen Seminaren, vergleichen Sie sich wahrscheinlich sofort mit jeder Frau, die Sie kennenlernen: Wer von uns beiden ist attraktiver, wer hat die bessere Figur? Frauen, die gegen ihren Körper kämpfen, beurteilen sich selbst und andere oftmals sehr unnachgiebig. Solche Vergleiche sind schmerzhaft und sinnlos; sie machen uns neidisch und führen zu Distanziertheit und Selbstzweifeln. Wir sind nun einmal alle ganz unterschiedlich. Vielleicht weicht Ihr Bild von einer anderen Frau ja sogar völlig vom Selbstbild dieser Frau ab: Ich habe bereits mit unzähligen Frauen gearbeitet, die aus objektiver Sicht ungemein attraktiv waren, sich selbst aber dick, abstoßend, plump und unzulänglich fanden.

Frauen mit negativem Körperbild verzichten oftmals ganz darauf, sich mit anderen zu messen, frei nach dem Motto: Wer aus dem Rennen ist, kann auch nicht verlieren. Es ist geradezu verblüffend, wie viele Frauen aus diesem Grund bei ihrem Übergewicht bleiben, die Augen vor ihrer eigenen Schönheit verschließen und ihre Lebenslust unterdrücken. Wir fürchten uns davor, den Neid unserer Schwestern auf uns zu ziehen und dadurch möglicherweise eine Freundschaft aufs Spiel zu setzen. Aber um welchen Preis!

Aufgrund unserer Negativhaltung gegenüber unserem Körper fällt es uns schwer, enge Beziehungen mit Männern oder Frauen einzugehen. Die jahrelange Gehirnwäsche hat funktioniert: Wir glauben, wir müßten schön oder zumindest schlank sein, damit Liebe, Intimität und Sex einen Platz in unserem Leben finden; deshalb verzichten viele von uns freiwillig auf Nähe. Dazu meinte eine Kursteilnehmerin sehr treffend: »*Ich* gehe stets davon aus, daß andere mich dick, also auch nicht begehrenswert finden. Wie soll ich da eine Beziehung mit einem Mann eingehen? Welcher Mann würde mich schon wollen?« Ein so ausgeprägtes Minderwertigkeitsgefühl resultiert schließlich in irrationaler Angst vor Zurückweisung. Also schlagen wir Einladungen aus, bleiben zu Hause, wo wir alle möglichen Leckereien in uns hineinstopfen, und baden in Selbstmitleid. Manche von uns suchen sich schwache Partnerinnen oder Partner aus, die von uns abhängig sind und uns deshalb nicht zurückweisen – solche Beziehungen sind allerdings zum Scheitern verurteilt. Wir gehen sexuellen Erfahrungen aus dem Weg, weil wir jeden Flirt bereits im Keim ersticken und uns nicht gestatten, jemanden näher kennenzulernen – oder wir lassen uns mit der begehrten Person nur auf eine Freundschaft und nicht auf eine Liebesbeziehung ein. Manchmal fürchten wir uns sogar vor unserer eigenen Sexualität, weil wir sie für eine so starke Kraft halten, daß wir buchstäblich vor ihr davonlaufen.

Es ist fast so, als trügen wir große Plakate mit uns herum: »Seht her, was ich für scheußliche, dicke Oberschenkel habe – ihr könnt mich ruhig abweisen.« Wie viele von uns haben mit ihrer fortwährenden Kritik am eigenen Körper bereits ihre Liebesbeziehungen aufs Spiel gesetzt? Eine Frau merkte, daß sie es geradezu darauf angelegt hatte:

»Ich verstehe dann einfach nicht, daß dieses für mich so zentrale Thema meinen Partner praktisch überhaupt nicht interessiert. Wenn er mir versichert, daß er mich liebt und attraktiv findet, glaube ich ihm nicht: Sicher sagt er das nur aus Mitleid, damit ich mich besser fühle. Mein Mißtrauen verletzt ihn natürlich, was ich mir dann wiederum zum Vorwurf mache. Das geht dann so weiter, bis ich am Ende meine gesamte Selbstachtung verliere – und schließlich betrachtet auch er mich mit meinen Augen. Das gibt der Beziehung dann den Rest.«

Frauen mit Minderwertigkeitsgefühlen fällt es ungeheuer schwer, sich vor anderen Menschen nackt und damit verletzlich zu zeigen. Ohne diese Offenheit gibt es jedoch keine Intimität; Scham und Befangenheit stehen ihr im Weg. Sexuelle Hingabe ist unmöglich, wenn wir uns ständig darum sorgen, daß unser Bauch ein wenig vorstehen könnte. Auf diese Weise unterdrücken wir unsere Gefühle und Bedürfnisse, sind schüchtern und passiv. Wir verleugnen unseren Körper.

Viele von uns glauben, wir könnten erst eine Liebesbeziehung eingehen, wenn wir unserem Wunschbild entsprechen (»nach dieser Diät« oder »sobald ich mein Gewicht wieder unter Kontrolle habe«): Erst dann sind wir es wert, eine intime Beziehung zu genießen. Sexualität ist uns angeblich nur erlaubt, wenn wir schlank und schön sind, glatt rasierte Beine vorweisen und vieles andere mehr.

Es ist traurig, wenn nicht sogar tragisch, wie viele Frauen insgeheim so denken. Wenn wir uns vor Augen halten, wie viele unserer wichtigsten Bedürfnisse – zum Beispiel das Bedürfnis nach Liebe, Partnerschaft und Familie – die Bereitschaft voraussetzen, sich auf enge Bindungen einzulassen, wird das ganze Ausmaß dieser Tragödie offensichtlich.

Nehmen Sie sich einen Augenblick Zeit und schließen Sie die Augen. Stellen Sie sich vor, man macht Sie bei einer Veranstaltung mit einem Mann bekannt, der genau Ihren Vorstellungen von Ihrem Partner entspricht. Wie fühlen Sie sich? Welche Gedanken oder auch Klischees kommen Ihnen in den Sinn? Wie werden Sie sich wahrscheinlich verhalten? –
Gehen wir einen Schritt weiter: Nehmen wir an, Sie sind bereits ein paarmal mit diesem Mann ausgegangen. Stellen Sie sich das erste intime Zusammensein mit ihm vor. Wie fühlen Sie sich, wenn Sie sich ausziehen? Was wird ihm Ihrer Meinung nach als erstes an Ihnen auffallen? Was wäre das Schrecklichste, was passieren könnte?

Solange wir unseren Körper beziehungsweise uns selbst unter einem Deckmäntelchen der Scham und Unsicherheit verbergen, fürchten wir nichts so sehr, wie uns zu öffnen. Um die Anerkennung zu bekommen, die die meisten von uns brauchen, müssen wir dieses Risiko jedoch eingehen – wir müssen uns offenbaren, uns zeigen und uns damit verwundbar machen. In den Worten einer Kursteilnehmerin:

»So, wie ich aussehe, kann ich den Leuten kaum unter die Augen treten. Deshalb beanspruche ich möglichst wenig Raum. Ich bin sehr zurückhaltend und bringe mich in Gruppen kaum ein. Eigentlich habe ich viel zu sagen, aber ich setze mich selten durch und ergreife so gut wie nie die Initiative. Ich bin schüchtern und voller Hemmungen und mache mich selten für etwas stark, was mir wichtig ist oder mir gehört. Ich gestatte mir einfach nicht, ich selbst zu sein, bis mein Äußeres mehr meinen Wunschvorstellungen entspricht.«

Die Wahl unserer Kleidung ist eine Möglichkeit, unserer Persönlichkeit Ausdruck zu verleihen. Wenn wir unseren Körper aber nicht mögen und uns überdimensional oder unproportioniert finden, kann der Einkaufsbummel zum Alptraum werden. Kleidung von der Stange paßt vermutlich nur Claudia Schiffer. Diese Tyrannei der Umkleidekabine, wie ich sie nenne, führt uns immer wieder vor Augen, daß wir nicht »hineinpassen«: Um uns einkleiden zu dürfen, müssen wir erst unseren Körper verändern, sonst bleibt uns nichts anderes übrig, als nackt herumzulaufen. Es ist daher nicht weiter verwunderlich, wenn wir unsere Garderobe selten als Chance zur Selbstdarstellung begreifen, als eine Möglichkeit, der Welt durch die Wahl von Farbe, Stoff und Stil zu zeigen, wer wir wirklich sind. Wir nutzen unsere Kleidung eher als Versteck.

Wie gelingt es Ihnen, sich selbst in ein schlechtes Licht zu setzen?

Wenn wir beruflich etwas erreichen wollen, müssen wir uns in die Welt da draußen mit Haut und Haaren einbringen – mit aller Intelligenz und Entschiedenheit und mit gesundem Durchsetzungsvermögen. Darauf wurden die meisten von uns aber nicht vorbereitet. Unsere Mütter sind entweder zu Hause geblieben und haben die Familie versorgt, oder sie übten Berufe aus, in denen sie nicht mit Männern konkurrieren mußten. Einerseits fehlen also die Rollenvorbilder, andererseits wird von Frauen heutzutage geradezu erwartet, daß sie berufstätig sind.

Folglich leiden viele Frauen unter Minderwertigkeitsgefühlen und Ängsten; für Erfolg oder Versagen machen wir unseren armen, gequälten Körper verantwortlich.

Eine meiner Kursteilnehmerinnen verließ die behütete Sphäre ihrer Hochschule als diplomierte Betriebswirtin. Nun war es an der Zeit, sich in die feindliche Welt hinauszuwagen. Doch statt dessen redete sie sich ein, sie habe wegen ihres Übergewichts ohnehin keine Chance – so bekam sie auch keine Arbeitsstelle.

Manche Frauen schieben ihr Körperbild vor, um weiterhin in ihrer sicheren Nische zu bleiben, wo sie sich nicht bewähren müssen. Andere möchten auf diese Weise einflußreiche Positionen umgehen. Viele Frauen haben eine schreckliche Angst davor, Macht auszuüben, weil sie damit automatisch Einsamkeit verbinden. Einige betrachten ihren Körper auch als »Behinderung«, die sich nur durch zusätzliche Arbeit ausgleichen läßt: »Ich muß in meinem Job besser sein als perfekt. Ich arbeite mehr als drei Kollegen zusammen und bin immer völlig erschöpft.«

Eine andere Teilnehmerin wäre allzugern in die Werbung gegangen, suchte sich statt dessen aber einen schlechtbezahlten Job bei einer Lokalzeitung: Sie hält sich von Positionen fern, bei denen sie unweigerlich mit den Wertmaßstäben der Medien konfrontiert würde.

Wegen unseres niedrigen Selbstwertgefühls lassen wir uns nicht auf Risiken ein, die uns unter Umständen genau das Leben ermöglichen würden, das wir uns wünschen und das wir verdient haben. Wir verschwenden Unmengen an Energie darauf, über unsere tatsächlichen oder eingebildeten Mängel nachzugrübeln. Am Ende bleibt uns dann keine Kraft mehr, uns kreativ und produktiv zu verwirklichen.

Machen Sie hier eine Pause. Überlegen Sie, in welcher Hinsicht Sie sich selbst im Weg stehen und dafür sorgen, daß Ihre Wünsche nicht in Erfüllung gehen.

Ihr Körper

Beim Kampf gegen Ihr Äußeres bleibt zuallererst Ihr Körper auf der Strecke, denn Gesundheit und Wohlbefinden sind nur bei einem achtsamen Umgang mit sich selbst möglich. Gewiß ist regelmäßige Bewegung an der frischen Luft wichtig, aber wirklich erfolgversprechend ist Sport nur, wenn wir unserem Körper etwas Gutes tun wollen und das Fitneßprogramm nicht als Strafe für störende Fettpolster betrachten. Manche Frauen haben noch nie Sport getrieben, weil sie sich in dem entsprechenden Outfit und dazu in einer Gruppe schlanker Frauen schämen. Andere sind bereits so untrainiert, daß jede sportliche Betätigung für sie eine enorme Anstrengung darstellt. Im Gegensatz dazu zwingen sich manche Frauen fast schon zu militärischer Disziplin und quälen ihren Körper unendlich in der Hoffnung, die Orangenhaut oder ein paar Pfunde loszuwerden. Eine Kursteilnehmerin bekommt regelmäßig Freßanfälle, bei denen sie mehrere Familienpackungen Eiscreme und Kekse auf einmal in sich hineinschlingt; danach bemüht sie sich um eine »Schadensbegrenzung«, indem sie fünfzehn Kilometer läuft und anschließend zwei Stunden schweißtreibende Gymnastik macht – und das alles um fünf Uhr morgens!

Wer sich für den eigenen Körper schämt, läßt im allgemeinen Kopf und Schultern hängen. Eine schlechte Körperhaltung ist aber nicht nur unattraktiv, sondern auch ungesund, weil sie die freie Atmung behindert. Zellen, Gewebe und Organe werden nicht ausreichend mit den benötigten Nährstoffen versorgt, was sich ungünstig auf Gesundheit und Vitalität auswirkt. Eine weitere Folge sind muskuläre Verspannungen: Ich kenne allerhand Frauen, die bestimmte Schmerzen als gegeben hinnehmen, anstatt sie als deutliche Warnzeichen zu interpretieren. Wer den eigenen Körper mag, achtet aufmerksam auf seine Signale. Nur dann können wir seine Bedürfnisse erkennen und berücksichtigen und seine Grenzen achten.

Streß gilt heutzutage als eine der häufigsten Krankheitsursachen. Nicht nur wenn Sie im Vorstand eines internationalen

Konzerns sitzen oder als Fluglotse arbeiten, kann er ein gefährliches Ausmaß annehmen – auch wenn Sie gegen Ihren Körper Krieg führen. Untersuchungen haben gezeigt, daß bei einer negativen Einstellung zum eigenen Körper tatsächlich Krankheiten entstehen. Frauen, die ihre weiblichen Organe hassen, erkranken nicht selten an Brust- oder Unterleibskrebs. Selbstverachtung kommt einer schleichenden Vergiftung gleich. Es gibt Hinweise darauf, daß der gesunde Energiefluß blockiert wird, wenn wir Teile unseres Körpers ablehnen oder sie aus unserem Körperbild ausschließen. Letztlich verliert der Körper dadurch seine natürliche Fähigkeit zur Selbstheilung.

Gewicht, Figur und Aussehen meiner Kursteilnehmerinnen sind äußerst unterschiedlich; was all diese Frauen aber miteinander verbindet, ist eine verzerrte Vorstellung von ihrem Gewicht und ein sehr belastetes Verhältnis zum Essen. Mindestens 90 Prozent von ihnen leiden nach eigener Überzeugung unter Eßstörungen, was im streng medizinischen Sinne lediglich für einen kleinen Teil zutrifft: die meisten haben eher ein Problem mit der Definition. Wenn 80 Prozent der Frauen in den USA unter Eßstörungen leiden, können wir wohl kaum von einer Krankheit sprechen. Mit Sicherheit haben auch viele Männer in unserer Gesellschaft ähnliche oder noch extremere Ernährungsgewohnheiten und verspüren dennoch kein Bedürfnis nach Kategorisierung.

Seitdem Eva damals zum Apfel griff, sind Eßstörungen Frauensache. Heute nehmen sie geradezu epidemische Ausmaße an. Dieselbe Dynamik, die Magersucht, Bulimie und Fettsucht zugrunde liegt, beherrscht auch das Leben der vielen mit ihrem Körper unzufriedenen Frauen – zwar weniger extrem, aber dennoch folgenschwer. Sie alle reagieren nämlich auf einen gewaltigen gesellschaftlichen Druck, wonach die moderne Frau schlank zu sein hat. In unserer Welt gelten ein paar Pfunde »zuviel« am weiblichen Körper als Zeichen von Charakterschwäche. Eine Frau mit Fettpölsterchen, so heißt es, hat sich nicht unter Kontrolle, also fehlt ihr die weibliche Selbstachtung. Wen wundert es da, wenn sich heutzutage bei so vielen Frauen alles nur noch um das Zünglein an der Waage dreht?

Von der Medizin und den Medien wurde den Frauen eingebleut, ihr Normalgewicht, also das Gewicht, das ihr Körper tendenziell einnimmt, sei zu hoch. Dabei sind wir von Natur aus dicker als Männer, denn der weibliche Hormonhaushalt wirkt der Magerkeit entgegen. Folglich schämen wir uns und finden uns häßlich, wir leiden unter Schuldgefühlen, flüchten uns in selbstzerstörerische Neurosen und fühlen uns unserem Schicksal ausgeliefert. Und natürlich essen wir noch mehr, um den Schmerz zu betäuben – schließlich ist Essen ein wunderbares Narkosemittel. Vielleicht versuchen wir es aber auch mit einer Diät und hungern oder trimmen uns so lange, bis wir unsere Traumfigur erreichen. Doch dieser Ansatz ist im allgemeinen zu hart, zu unerbittlich; der Körper läßt sich nicht widerstandslos in eine Richtung zwingen, die seiner natürlichen Veranlagung widerspricht. An die Stelle der strengen Diät treten dann Freßanfälle, woraufhin wir uns erneut dick und plump vorkommen und Scham- und Schuldgefühle zurückkehren. Und so beginnt der Kreislauf von neuem.

Solange Frauen gegen ihre Veranlagung zu einer gewissen Körperfülle ankämpfen, um sich einem unnatürlichen Schlankheitsdiktat zu beugen, werden sie kein gesundes Verhältnis zum Essen aufbauen können.

Eßverhalten und Körperbild sind eng miteinander verknüpft. An »guten« Tagen, an denen wir uns zurückhalten, sind wir stolz auf uns und stehen unserem Körper eher positiv gegenüber. Nach einem Freßgelage dagegen kommen wir uns dick und unförmig vor; unsere Sünden werden sofort sichtbar, und wir bekommen schreckliche Schuldgefühle.

Immer wieder höre ich von Frauen: »Wenn es mir schlecht geht, stopfe ich alles mögliche in mich hinein«, »Wenn ich keinen Boden unter den Füßen spüre, muß ich essen«, »Wenn ich wütend auf mich bin, weil ich mein Eßverhalten nicht in den Griff bekomme, bestrafe ich mich durch besonders große Portionen«, »Wenn ich mich zu dick finde oder schlechte Laune habe, unterdrücke ich diese Gefühle durch Essen«. Geht es uns schlecht, möchten wir uns durch Essen beruhigen, bestrafen oder betäuben. Fühlen wir uns dagegen in unserem Körper wirklich zu Hause, nehmen wir Hungergefühle viel eher wahr; dann essen wir unseren Bedürfnissen entsprechend und hören auf, sobald wir satt sind. Wenn wir unseren Körper annehmen, bleiben wir gelassen und haben weitaus weniger Grund, uns zu betäuben.

Um richtig essen zu lernen und ein vertretbares Gewicht erreichen und auch halten zu können, brauchen wir unbedingt ein gesundes, positives Körperbild. Viele von uns erkennen einfach nicht, wann sie tatsächlich Hunger haben und wann sie aus anderen Gründen essen. Wir müssen lernen, welche Nahrungsmittel wir wirklich mögen. Zuweilen sind auch bestimmte Einschränkungen nötig, aber eine Diät – wenn wir sie denn für notwendig erachten – wird weitaus erfolgversprechender, indem wir sie liebevoll angehen.

Wenn wir unseren Körper als unser Zuhause annehmen, haben wir eine solide Grundlage für sämtliche Entscheidungen, die wir im Hinblick auf unser Äußeres treffen. Es findet dann wohl eher eine kleinere Korrektur statt und kein fundamentaler Wandel. Unser Körper muß uns keineswegs erst richtig »passen«, bevor wir das Leben in vollen Zügen genießen dürfen – im Gegenteil, dann belasten wir den Wandlungsprozeß nämlich mit unrealistischen Erwartungen. Wir zwingen uns zu Enthaltsamkeit und warten auf Wunder – die allerdings nur selten geschehen. Der Traumprinz taucht nicht auf, und der Superjob fällt uns auch nicht in den Schoß. Eigentlich sind wir nicht glücklicher als vorher. Unser Äußeres mag sich verändert haben, aber unser Körperbild ist geblieben. Vermutlich finden wir uns noch genauso dick und unansehnlich wie zuvor.

Die Figur läßt sich viel schneller verändern als das Körperbild – viele schlanke Frauen kommen sich immer noch dick vor und finden ihre eigentlich festen Oberschenkel schwabbelig. Zuweilen sagen wir uns: »Ach, was soll's, ich sehe ja immer noch genauso schrecklich aus. Dann kann ich auch wieder genau das tun, wozu ich Lust habe.« Also stürzen wir uns aufs Büfett oder hängen unser Fitneßprogramm wieder an den Nagel. Wir müssen daher unbedingt zuerst an unserem Körperbild und einer positiven Einstellung zu unserem Körper arbeiten, *bevor* wir uns zu äußerlichen Veränderungen entschließen.

Ich kann nicht oft genug darauf hinweisen, wie wichtig es ist, daß Sie sich selbst so akzeptieren, wie Sie sind. Das gilt insbesondere bei Übergewicht. In unserer Gesellschaft haben es Dicke auch ohne Selbsthaß schwer genug. Übergewicht zu akzeptieren heißt übrigens nicht, sich damit abzufinden. Wenn Sie sich mit Ihrem Körper anfreunden, entwickeln Sie mit der Zeit ein ausgeprägteres Gefühl für sich selbst und erkennen deutlicher, wie Sie eigentlich aussehen wollen. Es geht weder um die Erwartungen Ihrer Mutter noch um die Ihrer Partnerin oder Ihres Partners oder um die der Gesellschaft. Was zählt, sind einzig und allein Ihre Wünsche. Wenn Sie anderen zuliebe Diät halten und in Ihnen nur eine Spur von Auflehnung zurückbleibt, dringt diese irgendwann an die Oberfläche. Sie werden wütend auf Ihre eigenen, sorgfältig ausgearbeiteten Pläne und legen es darauf an, sie zu sabotieren.

Es ist höchste Zeit, mit einigen weitverbreiteten Vorurteilen gegenüber Übergewichtigen aufzuräumen. Unzählige Untersuchungen haben ergeben, daß das Klischee, dicke Leute seien faul und unausgeglichen und hätten ihr Leben nicht im Griff, jeder Grundlage entbehrt: Übergewichtige erleben die gleichen Hochs und Tiefs wie ihre schlanken Zeitgenossen. Sie lassen sich nicht weniger gehen als Millionen andere auch, die zuviel rauchen oder trinken oder ihren Streß auf andere Weise bekämpfen.

Solche Klischees verletzen nicht nur Übergewichtige, sondern auch alle, die über das eine oder andere Fettpölsterchen unglücklich sind. Sobald die Waage auch nur ein Pfund mehr anzeigt, kommt es automatisch zu Selbstvorwürfen: »Ich lasse mich gehen, ich bin schlecht, ich verliere meine Selbstachtung als Frau« und so weiter. Wir müssen bestimmte unbewußte Glaubenssätze in Frage stellen. Ein Pfund mehr ist eben ein Pfund mehr, aber noch lange kein Weltuntergang.

Die Erforschung der komplexen Vorgänge bei der Gewichtskontrolle steckt noch in den Anfängen. Einschlägige Untersuchungen legen die Vermutung nahe, daß die Neigung zu Freßanfällen durch wiederholte Diäten und das damit einhergehende Gefühl des ständigen Entzugs sogar verstärkt wird. Sobald wir unserem Körper Nahrung entziehen, versucht die Natur, das gestörte Gleichgewicht wiederherzustellen – indem sie uns noch hungriger macht als zuvor. Das ist der Beginn des Teufelskreises Hungern – Essen – Hungern. Gut (strenge Diät) und Böse (Völlerei) stellen die beiden Extreme dar.

Jeder Nahrungsentzug verlangsamt unseren Stoffwechsel. Je weniger wir im Rahmen einer Diät zu uns nehmen, desto langsamer verbrennt unser Körper die Kalorien. Und damit nicht genug: Je träger der Stoffwechsel, desto weniger Nahrung benötigt der Körper um zuzunehmen. Aus diesem Grund tritt bei Frauen, die regelmäßig Diät halten, bei der Gewichtsabnahme häufig ein Stillstand ein; sie können ihr geringeres Gewicht meist auch nur unter enormen Anstrengungen halten. Bei Erreichen des Wunschgewichts hat sich ihr Stoffwechsel bereits so sehr verlangsamt, daß sie nur noch wie ein Spatz essen dürfen oder unverhältnismäßig viel Sport treiben müssen, um den hart errungenen Erfolg nicht gleich wieder zunichte zu machen. Übergewicht ist in der US-amerikanischen Bevölkerung heutzutage weiter verbreitet als jemals zuvor, weil – nicht obwohl – so viele Menschen regelmäßig Diät halten.

Allmählich setzt sich in der Wissenschaft die Überzeugung durch, daß jeder Mensch anders ist – auch in körperlicher Hinsicht. Es gibt weder für alle eine richtige Ernährungsweise noch ein richtiges Sportprogramm oder ein richtiges Gewicht. Jeder Körper hat andere Bedürfnisse. Einigen sehr interessanten Studien zufolge trifft auf jeden Menschen eine bestimmte, für ihn ideale Gewichtsspanne zu, das sogenannte Wohlfühlgewicht, das mit aktuellen Schönheitsidealen nichts zu tun hat. Es handelt sich vielmehr um einen hartnäckigen Mechanismus mit einer einzigen Funktion: Das Körpergewicht innerhalb dieser als »richtig« empfundenen Spanne zu halten.

Dieses Wohlfühlgewicht läßt sich nach oben und unten korrigieren, wobei ersteres offenbar leichter ist. Bei stetiger Gewichtszunahme steigt es an, aber es kann auch durch regelmäßige sportliche Betätigung (jedoch nicht durch Diäten!) auf lange Sicht sinken. Jüngsten Forschungsergebnissen zufolge muß ein einmal begonnenes Sportprogramm *ein Leben lang* beibehalten werden, sonst ist man am Ende dicker als zuvor. Der klaren Motivation und unerschütterlichen Entschlossenheit kommt also wesentliche Bedeutung zu.

Der Logik dieser Untersuchungen folgend handelt es sich bei jenen fünf bis acht Kilo, die so viele Frauen gern abnehmen würden, um wahrlich hartnäckige Brocken, da sie von Natur aus einfach zu uns gehören. Jeder Versuch, schlanker zu werden, richtet sich demnach gegen die Natur, die sich ja bekannterweise nicht so leicht austricksen läßt. Ihr Körper wird sich also heftig wehren und wieder das »richtige« Gewicht anstreben. Bei einem Tierversuch wurde Ratten ein Teil ihres Gehirns operativ entfernt, woraufhin sie viel mehr fraßen als früher und ungeheuer fett wurden. Dann reduzierte man ihre Nahrungsration auf die präoperative Menge, doch erstaunlicherweise nahmen die Ratten nicht ab, sondern weiter zu. Offensichtlich war ihr Wohlfühlgewicht durch die Operation gestiegen. Als sie das Ziel der Gewichtszunahme nicht mehr durch eine erhöhte Nahrungszufuhr erreichen konnten, verlangsamte sich ihr Stoffwechsel, bis er nahezu zum Stillstand kam. Mit anderen Worten: Unser Körper besitzt einen eigenen Willen, dem wir uns nicht immer durch bewußte Entscheidungen zu widersetzen vermögen. Vermutlich könnten wir also unser Energiepotential weitaus sinnvoller nutzen als in einem zwecklosen Kampf gegen fünf bis acht Kilo Körpergewicht.

Wirklich wirkungsvoll ist einzig der Versuch, Ihren Körper so anzunehmen, wie er ist. Haben Sie erst einmal Frieden mit ihm geschlossen, wird sich Ihr Gewicht wahrscheinlich irgendwann bei Ihrem Individualwert einpendeln. Und falls nicht, haben Sie zumindest die Ausgeglichenheit gefunden, um die Sie sich so sehr bemühten.

2 Nutzen Sie Ihre Vorstellungskraft!

Das Eigentliche, die Wahrheit, eröffnet sich uns nur durch die Phantasie, die realistischer ist als sämtliche Realismen.

Eugène Ionesco

Vor mehr als zwanzig Jahren entdeckte ich meine Begeisterung fürs Töpfern. Besonderen Spaß hatte ich daran, den Ton auf die Töpferscheibe zu geben. Ich ging täglich in die Werkstatt, um an der Scheibe zu arbeiten, verbesserte stetig meine Technik und begeisterte mich immer mehr für mein neues Hobby. Dann aber verstauchte ich mir an einem Wochenende beim Ballspielen den kleinen Finger.

Mindestens vier Wochen lang war ans Töpfern nicht zu denken. Da mir diese Tätigkeit soviel Befriedigung verschafft hatte, malte ich mir den Vorgang immer wieder im Detail aus: Wie sich der Ton in meinen Händen anfühlte, wie ich ihn auf die Scheibe warf und welche Körperhaltung ich einnahm, um in den unterschiedlichen Stadien den jeweils richtigen Druck auszuüben. In meiner Vorstellung erzielte ich perfekte Ergebnisse. Ohne ein bestimmtes Ziel vor Augen begab ich mich hin und wieder ganz spontan auf diese körperorientierte Phantasiereise.

Meine Sehnsucht nach dem Töpfern war einfach so groß, daß ich eine Art Ersatzbefriedigung brauchte.

Als ich nach vier Wochen – mein Finger war inzwischen geheilt – in die Werkstatt zurückkehrte, stellte ich verblüfft fest, daß sich meine Technik unglaublich verbessert hatte. Die einzige Erklärung dafür schienen meine Visualisierungen zu sein.

Von nun an betrachtete ich die Macht der eigenen Vorstellungskraft mit noch größerem Respekt. Als Künstlerin wußte ich bereits um die Bedeutung der Phantasie für die Inspiration, doch hatte ich jetzt zum ersten Mal erlebt, wie sich durch sie auch mein Verhalten veränderte.

Mit Hilfe von Visualisierungen lassen sich neue Einstellungen und Verhaltensweisen erlernen. Das Selbstbild ist veränderbar. Sobald Sie sich etwas vorstellen können, können Sie es auch leben.

Was all dies mit Ihrem Körperbild zu tun hat? Nun, es ist ein Produkt Ihrer Vorstellungskraft. Bei einem negativen Körperbild nehmen Sie Ihr Äußeres verzerrt wahr und stempeln Ihren Körper vor sich selbst als minderwertig, häßlich und dick ab. Sie sind Gefangene Ihrer selbst, Ihrer Selbstwahrnehmung völlig ausgeliefert. Wäre es daher nicht am sinnvollsten, diese Tyrannei zu beenden, indem Sie sich mit Ihrer Phantasie verbünden und sich so ein neues Körperbild verschaffen? Dann dürfen Sie sich in Ihrem Körper wieder zu Hause fühlen und müssen nicht mehr gegen ihn kämpfen.

Der in diesem Buch vorgestellte Prozeß beinhaltet vielfältige Formen der Selbsterfahrung. Sie arbeiten mit Erinnerungen an wichtige, lange zurückliegende Erlebnisse, mit deren Hilfe Sie Ihr Verhältnis zu Ihrem Körper verstehen und schließlich verändern können. Bei den meisten therapeutischen Prozessen wird vor allem das Medium Sprache benutzt, um Blockaden aufzulösen. Einen direkteren Zugang zu verdrängten Gefühlen und Erlebnissen erhält man jedoch oftmals über Visualisierungen, das heißt über die Bilder des Unbewußten und der Gefühlswelt. Übrigens geht dieser Prozeß ganz sanft vonstatten: Ihrem Gedächtnis wird behutsam nachgeholfen, und Sie werden zu nichts gezwungen.

Kinder besitzen von Natur aus eine blühende Phantasie, die in unserem Kulturkreis jedoch mit zunehmendem Alter hinter der Vernunft zurückstehen muß. Sofern Sie künstlerisch-kreativ tätig sind, haben Sie sich Ihr Vorstellungsvermögen vermutlich noch weitgehend erhalten; bei den meisten Erwachsenen ist diese Fähigkeit jedoch verkümmert. Mit Hilfe von Visualisierungen erobern Sie sich eines der wichtigsten Hilfsmittel zurück, die Ihnen für die Veränderung Ihres Lebens zur Verfügung stehen.

Die Sprache der Phantasie besteht aus inneren Bildern, aber auch aus Geräuschen und Gefühlen sowie aus Geschmacks- und Geruchserlebnissen, die Sie nicht direkt mit Ihren Sinnen wahrnehmen, sondern eher in Ihrer Vorstellung entstehen lassen.

Wenden Sie Ihren Blick einen Augenblick lang von diesem Buch ab und betrachten Sie intensiv einen beliebigen Gegenstand in Ihrer Nähe. ... Nehmen Sie ihn ganz und gar wahr. Schließen Sie nun die Augen und stellen Sie sich den Gegenstand vor Ihrem inneren Auge vor. Auch alle anderen Sinne lassen sich bei dieser Übung mit einbeziehen; allerdings haben die meisten Menschen einen leichten Zugang zu nur einer oder zwei Arten der Wahrnehmung. Versuchen Sie einmal, sich in Ihrer Vorstellung mit einer Freundin zu unterhalten, hören Sie ihr zu. ... Stellen Sie sich vor, wie sich Satin anfühlt ... wie eine Zitrone schmeckt ... wie Vanille riecht.

Jeder unserer Sinne hat sein Gegenstück in unserer Phantasie. Während manche Menschen über ein ganz klares, lebhaftes Vorstellungsvermögen verfügen, sehen andere nur verschwommene Bilder vor sich. Mit ein wenig Übung werden visualisierte Bilder mit der Zeit immer schärfer und lebhafter und damit auch wirkungsvoller.

Wenn ich Sie bitte, vor Ihrem inneren Auge eine Muschel entstehen zu lassen oder sich vorzustellen, wie Sie eine Treppe hochgehen, ist diese Visualisierung zum Teil vorgegeben – Sie konstruieren ganz bestimmte Bilder. Vielleicht sollen Sie aber auch im Geiste die Stufen zu einem Zimmer hinaufsteigen, das

Sie noch nie zuvor betreten haben; dann spielen spontane Elemente eine Rolle: Ähnlich wie bei einem Tagtraum lassen Sie einfach alle Bilder, die sich von selbst einstellen, auf sich wirken. Vielleicht fordere ich Sie auch auf, die Farbe der Zimmerwände zu ändern und das Mobiliar umzustellen; dann spricht man von einer kontrollierten Visualisierung.

Beim Durcharbeiten dieses Buches werden Sie verschiedene Formen der Visualisierung ausprobieren. Zuweilen wird Ihre aktive Beteiligung verlangt, an anderen Stellen sollen Sie passiv bleiben und die Bilder einfach auf sich wirken lassen. Mit der Zeit werden Sie Ihre Vorstellungskraft immer besser zu nutzen wissen und verändern durch sie nicht nur Ihr Körperbild, sondern möglicherweise auch ganz andere Aspekte Ihres Lebens.

Phantasiereisen haben stets eine heilsame Wirkung, weil sie ein bestimmtes Maß an Entspannung voraussetzen. Indem Sie Ihrer Phantasie freien Lauf lassen, erkennen Sie, welche Themen gerade Ihre Aufmerksamkeit erfordern. Ein Abbau emotionaler Blockaden auf innerer Ebene führt unter Umständen zu tatsächlichen Wesens- und Verhaltensänderungen. Dank Ihrer Vorstellungskraft widmen Sie sich intensiv Ihrem Unterbewußtsein, probieren neue Verhaltensweisen aus und vermögen sie dann auch in die Tat umzusetzen.

Tief empfundene innere Erlebnisse führen möglicherweise zu einem Wandel Ihrer Gefühle und Ihrer Selbstwahrnehmung. Warum? Weil innere Bilder *real* sind. Natürlich hat man Ihnen beigebracht, daß die Phantasie etwas anderes ist als die Realität. Aber wenn Sie unter Einbeziehung möglichst vieler Ihrer imaginären Sinne etwas innerlich erleben, schaffen Sie damit ein reales psychologisches Ereignis. Ein Beispiel hierfür ist die Übung *Der imaginierte Körper* (siehe Seite 58). Versuchen Sie nun einmal folgendes:

Stellen Sie sich vor, Sie sitzen im dreiundzwanzigsten Stockwerk draußen auf einem schmalen Fenstersims. ... Blicken Sie auf die Straße hinunter. Die Menschen und Autos dort unten sehen aus wie Ameisen. ... Ihr Magen krampft sich zusammen. ... Sie sind voll-

kommen starr vor Angst, weil jede falsche Bewegung Sie in den sicheren Tod stürzen würde. Bleiben Sie ein paar Minuten bei dieser Vorstellung und visualisieren Sie so viele Einzelheiten wie möglich. Achten Sie auf jede Veränderung in Ihrer körperlichen und emotionalen Verfassung.

So Sie sich wirklich auf diese Übung eingelassen haben, schlug Ihnen das Herz vermutlich bis zum Hals, Ihre Atmung wurde flach, und Sie bekamen schweißnasse Hände. All das sind körperliche Reaktionen auf Angst. Allein mit Hilfe Ihrer Vorstellungskraft haben Sie ein tatsächliches, psychophysiologisches Ereignis geschaffen. Wollen Sie tatsächlich behaupten, diese Bilder seien nicht real gewesen? Hier noch ein weniger spektakuläres, aber ebenso deutliches Beispiel: Stellen Sie sich vor, Sie gehen eine Treppe hoch. Ihr Nervensystem schickt die Botschaft »Bewegung!« an dieselben Muskeln, die beim realen Hinaufsteigen in Aktion treten. Man sieht zwar von außen nicht, daß Sie sich bewegen, aber in Ihnen läuft eine neuromuskuläre Reaktion ab.

Das gleiche gilt, wenn Sie sich die Konfrontation mit einem Menschen vorstellen, mit dem Sie noch eine emotionale Rechnung zu begleichen haben. Die innerliche Auseinandersetzung, bei der Sie Ihren ganzen Körper mit einbeziehen, löst in Ihrer Psyche und Ihrem Nervensystem die gleichen Reaktionen aus wie die echte Begegnung. Dies kann auf zweierlei Weise heilsam sein: Zunächst dient der innere Dialog vielleicht als Vorbereitung auf ein tatsächliches Zusammentreffen; darüber hinaus wirkt er aber auch auf einer weitaus subtileren Ebene, zum Beispiel wenn ein direktes Gespräch nicht möglich ist, weil die Person nicht mehr lebt oder eine wirkliche Begegnung zu riskant wäre. Mit Hilfe körperorientrierter Visualisierungen überzeugen Sie Ihr Unterbewußtsein davon, daß eine »reale« Konfrontation stattgefunden hat. Möglicherweise ergibt sich dadurch für Sie eine neue Perspektive.

Ein tiefgreifender psychologischer Wandel ist also möglich, ohne daß wir dafür den sicheren Rahmen unseres inneren Wesens verlassen müssen. Alte Verletzungen, die uns bei unserer Entfaltung behindern, können mittels Visualisierungsübungen heilen. Dank dieses Prozesses sind Sie imstande, all den emotionalen Schutt wegzuräumen, der nicht nur Ihr Verhalten prägt und Sie gegen Ihren Körper kämpfen läßt, sondern der auch Ihre Selbstwahrnehmung beeinträchtigt und dem Aufbau eines positiven Körperbildes im Weg steht. Nutzen Sie Ihr Potential – erobern Sie Ihren Körper zurück!

Teil II

Das psychologische Werkzeug

3 Setzen Sie sich Ziele!

Halten Sie sich stets vor Augen, daß bei jedem Unterfangen völlig unvorhersehbare Schwierigkeiten und Rückfälle vor Ihnen liegen. ... Nur das Ziel ist deutlich erkennbar. Prägen Sie es sich ein und halten Sie daran fest, was immer unterwegs auch geschehen mag.

Kathleen Norris

In diesem Buch geht es um wesentliche Entscheidungen: Wie wollen Sie sich mit Ihrem Körper fühlen? Was für einen Körper wollen Sie haben? Wie wollen Sie in Selbstgesprächen über Ihren Körper urteilen? Was wollen Sie ihm sagen? Welche äußeren Sichtweisen wollen Sie übernehmen? Welche nicht? Vielleicht erscheinen Ihnen solche Fragestellungen ungewöhnlich, weil Sie meinen, daß das alles vorgegeben ist. Doch möglicherweise haben Sie sich fremde Bilder zu eigen gemacht, diese niemals hinterfragt und sich von jenen Anteilen, die mit Ihnen selbst eigentlich gar nichts zu tun haben, noch nicht befreit.

Verschaffen Sie sich Klarheit. Sie entscheiden, wie Sie künftig mit Ihrem Körper umgehen wollen. Mit konkreten Zielen vor Augen lassen sich eventuelle Hindernisse leichter überwinden.

Übung 1: Entscheidungen treffen

Teil 1

1. Setzen Sie sich bequem hin, schließen Sie die Augen und entspannen Sie sich.
2. Versetzen Sie sich ganz in Ihren Körper. Wie fühlen Sie sich in diesem Augenblick in ihm? ... Wie sprechen Sie zu sich selbst über ihn?
3. Schreiben Sie die Wörter und Sätze auf, die Ihnen dabei in den Sinn kommen.
4. Lassen Sie jede einzelne Aussage auf sich wirken, indem Sie sie laut lesen und darauf achten, wie Sie sich dabei in und mit Ihrem Körper fühlen. Beispiel: »Ich bin schwer und träge«, »Ich bin angespannt« und so weiter. Machen Sie nach jeder Aussage eine Pause und spüren Sie genau nach, wie Sie sich in diesem Moment fühlen.
5. Machen Sie sich bewußt, daß Sie sich von diesem Ausgangspunkt aus auf eine Reise begeben, die zur Ganzheit führt.

Teil 2

1. Schließen Sie wieder die Augen und entspannen Sie sich.
2. Besinnen Sie sich auf sich selbst. Wie würden Sie sich in und mit Ihrem Körper gern fühlen? Überlegen Sie nicht, wie Sie am liebsten aussehen würden, sondern konzentrieren Sie sich ganz darauf, wie Sie sich fühlen möchten, etwa »leicht und beschwingt«.
3. Schreiben Sie die Wörter und Sätze auf, die Ihnen dabei in den Sinn kommen.
4. Lassen Sie jede Aussage auf sich wirken, indem Sie sich nacheinander jeder einzelnen Eigenschaft widmen. Sagen Sie jedes Wort beziehungsweise jeden Satz laut, und zwar so, als träfe die Aussage bereits zu, also beispielsweise: »Ich bewege mich leicht und beschwingt« und so weiter.
5. Fassen Sie diese Gefühle zu Ihren persönlichen Leitgedanken zusammen, deren Verwirklichung Sie anstreben.
6. Tragen Sie Ihre Leitgedanken in die nebenstehende Absichtserklärung ein.

Arbeitsblatt

Absichtserklärung

Die Veränderung meines Körperbildes ist ein Prozeß, der mir für meine Schönheit, meine Einzigartigkeit die Augen öffnet. Ich, ..., möchte die Beziehung zu meinem Körper verändern und habe folgende Leitgedanken gefaßt:

1.
2.
3.
4.
5.

....

Unterschrift

Zum Nach- und Weiterdenken

Kopieren Sie Ihre Absichtserklärung und hängen Sie sie an einer gut sichtbaren Stelle auf, damit sie Sie immer wieder an Ihre eigentlichen Ziele für sich und Ihren Körper erinnert – schließlich tun Sie das alles ja, um sich eines Tages in Ihrem Körper wohl zu fühlen. Vielleicht sehen Sie die eigentlichen Zielvorstellungen im Laufe dieses Prozesses immer deutlicher vor sich. Natürlich dürfen Sie Ihre Entscheidungen in der Absichtserklärung jederzeit revidieren und/oder ergänzen.

Für Ihren Wachstumsprozeß sind Ihre *Gefühle* für Ihren Körper übrigens weitaus wichtiger als Ihr eigentliches *Aussehen*. Wenn Sie sich auf Ihr äußeres Erscheinungsbild konzentrieren, machen Sie sich für sich selbst zum Objekt und stehen außerhalb Ihres Körpers (natürlich ist das Aussehen auch nicht unwichtig; aber solange Sie kein Gefühl für Ihre eigene Schönheit entwickeln, werden Sie sie gar nicht wahrnehmen – so attraktiv Sie auch sein mögen.)

Hier ein paar Möglichkeiten zum Umgang mit Ihren Leitgedanken:

1. Entwickeln Sie aus ihnen eine Gefühlsmeditation – indem Sie mit Hilfe all Ihrer imaginären Sinne sämtliche Eigenschaften wirklich nachempfinden. Machen Sie daraus ein Ritual, am besten frühmorgens und spätabends. So verlieren Sie Ihre Ziele nicht aus den Augen.
2. Machen Sie Ihre Gefühlsmeditation ein oder zwei Minuten lang vor und nach jeder Übung in diesem Buch.
3. Machen Sie Ihre Gefühlsmeditation immer dann, wenn Sie ein klares, positives Gefühl zu Ihrem Körper bekommen wollen.

4 Trainieren Sie Ihre Phantasie!

Als Kind lebten Sie sicherlich regelmäßig in Ihrer eigenen, imaginären Welt. Heute dagegen lassen Sie Ihrer Phantasie vermutlich nur noch selten freien Lauf, es sei denn, Sie geben sich gern Tagträumen hin oder arbeiten künstlerisch-kreativ.

Für die Arbeit mit inneren Bildern ist ein ganz besonderer Bewußtseinszustand erforderlich, in dem Sie entspannt, zugleich aber auch aufnahmebereit sind. Die Tiefenentspannung bietet Ihnen die Möglichkeit, sich spontan auftretenden Bildern zu öffnen. Diese inneren Bilder sind subtil – je ruhiger und entspannter Sie sind, desto offener werden Sie für das, was Ihr Vorstellungsvermögen Ihnen anbietet; gleichzeitig ist aber auch ein gewisses Maß an Wachsamkeit erforderlich, um die Visualisierungen gegebenenfalls zu lenken. Bei manchen Übungen werden Sie dazu aufgefordert, einfach nur offen und aufnahmefähig zu sein; bei anderen hingegen sollen Sie Ihre Bilder aktiv steuern. Suchen Sie sich vor Beginn jeder Übung einen ruhigen Ort, an dem Sie nicht gestört werden.

Menschen sind verschieden, und natürlich gibt es unterschiedliche Arten der Entspannung. Lassen Sie sich von den folgenden Vorschlägen inspirieren. Am besten setzen Sie sich für die Übungen auf einen Stuhl oder auf den Boden. Machen Sie es sich bequem, aber nicht zu sehr, sonst schlafen Sie womöglich noch ein.

Übung 2: Entspannung lernen

Entspannen Sie sich

1. Strecken Sie sich wie eine Katze, die gerade von einem Nickerchen erwacht. ... Setzen Sie sich dann bequem hin, so daß Ihr Körper einen guten Halt hat.
2. Atmen Sie fünfmal ganz frei ein und aus. Spüren Sie nach, an welchen Stellen vielleicht noch etwas drückt, und ändern Sie Ihre Position entsprechend.
3. Konzentrieren Sie sich ganz auf Ihre Atmung. Achten Sie darauf, wie Sie ein- und wieder ausatmen. Ändern Sie nichts – nehmen Sie einfach wahr, wie »es« atmet. ...
4. Sagen Sie sich bei jedem Ausatmen innerlich: »Ich entspanne mich«. ... Wiederholen Sie diese Abfolge fünf Minuten lang beziehungsweise so lange, bis Sie sich entspannt fühlen.

*Entspannung durch Reinigungsatmen**

1. Konzentrieren Sie sich wieder auf Ihre Atmung und achten Sie darauf, wie Sie ein- und wieder ausatmen. Ändern Sie nichts daran – nehmen Sie einfach wahr, wie »es« atmet. ...
2. Stellen Sie sich vor, Sie könnten durch die Füße atmen wie durch Ihre Nase. ... Spüren Sie, wie die Luft beim Einatmen durch Ihre Fußsohlen dringt. ... Ziehen Sie die Luft bei jedem Atemzug von Ihren Füßen nach oben ein – durch Fußgelenke, Beine, Bauch und Lunge –, und stoßen Sie sie durch den Mund wieder aus. Wiederholen Sie diesen Vorgang mehrmals.
3. Bei jedem Einatmen durchdringt die Luft alle Zellen und das gesamte Körpergewebe. ... Stellen Sie sich vor, wie Schutt, Asche oder welke Blätter bei jedem Atemzug durch die Luft wirbeln – der Schutt steht für jegliche emotionale oder körperliche Beeinträchtigung in Form von Anspannung, Angst, Unwohlsein

---

* Adaptiert von der »lärmbeseitigenden Atmung« *(noise-removal breathing)* aus Win und Susan Wengers *Your Limitless Inventing Machine* (»Ihre grenzenlos erfinderische Maschine«), Gaithersburg: Psychogenics Press 1979.

und so weiter. ... All das wird aufgenommen und löst sich bei jedem tiefen Atemzug aus Ihren Zellen und aus Ihrem Gewebe. ... Stellen Sie sich vor, wie es in kleinen Wolken Ihren Körper verläßt. ... Beziehen Sie dabei alle fünf Sinne mit ein und wiederholen Sie diesen Vorgang mehrere Minuten lang.

4. Atmen Sie nun durch einen anderen, beliebigen Körperteil ein. Ziehen Sie die Luft durch die Zellen und das Gewebe an der jeweiligen Stelle und nehmen Sie dabei alle »Störungen« auf, um sie beim Ausatmen aus Ihrem Körper ausströmen zu lassen. ...
5. Machen Sie dasselbe mit allen Körperstellen, die solche die Entspannung beeinträchtigenden »Störungen« aufweisen.

Durch Visualisierung entspannen

Die Kerze im Sonnenlicht

1. Strecken Sie sich wie eine Katze, die gerade von einem Nickerchen erwacht. ... Setzen Sie sich dann bequem hin, so daß Ihr Körper einen guten Halt hat.
2. Atmen Sie fünfmal ganz frei ein und aus. Spüren Sie nach, an welchen Stellen vielleicht noch etwas drückt, und ändern Sie Ihre Position entsprechend.
3. Konzentrieren Sie sich ganz auf Ihre Atmung. Achten Sie darauf, wie Sie ein- und wieder ausatmen. Ändern Sie nichts – nehmen Sie einfach wahr, wie »es« atmet. ...
4. Stellen Sie sich vor, Sie sind eine Kerze und stehen auf einer warmen, sonnigen Fensterbank. ... Spüren Sie die Sonnenstrahlen, die Sie allmählich zum Schmelzen bringen. ... Stellen Sie sich vor, wie sich mit jedem Wachstropfen, der an der Kerze hinabrinnt, all Ihre Sorgen und Anspannungen von Ihnen lösen. ... Sie werden ganz weich, ganz entspannt. ... Sie lassen immer mehr los und geben sich ganz der wärmenden Sonne hin. Dabei lösen sich sämtliche Spannungen, und Sie sinken in einen sanften, entspannten Zustand.

Der Ausflug auf der Wolke

1. Strecken Sie sich wie eine Katze, die gerade von einem Nickerchen erwacht. ... Setzen Sie sich dann bequem hin, so daß Ihr Körper einen guten Halt hat.
2. Atmen Sie fünfmal ganz frei ein und aus. Spüren Sie nach, an welchen Stellen vielleicht noch etwas drückt, und ändern Sie Ihre Position entsprechend.
3. Konzentrieren Sie sich ganz auf Ihre Atmung. Achten Sie darauf, wie Sie ein- und wieder ausatmen. Ändern Sie nichts – nehmen Sie einfach wahr, wie »es« atmet. ...
4. Stellen Sie sich einen wunderschönen blauen Himmel vor, an dem ein paar Schäfchenwolken vorüberziehen. ... Hüpfen Sie nun auf eine solche Wolke. Sie fühlen sich in ihrer weichen Mitte ganz geborgen und lassen sich einfach von ihr davontragen. ... Sie müssen nichts tun. Sie dürfen sich einfach entspannen, davonschweben und den Ausflug genießen.

Durch regelmäßiges Üben werden Ihnen solche Entspannungsübungen mit der Zeit leichter fallen. Suchen Sie sich ruhig eine Lieblingsübung aus, die Sie beliebig oft wiederholen. Schrittweise erobern Sie so Ihre Phantasie, Ihre eigentliche Kraftquelle, zurück.

Visuelle Eindrücke erhalten Sie nicht nur über Ihr tatsächliches Sehorgan: Auch mit Ihrem inneren Auge können Sie »sehen«. Das gleiche gilt für die anderen Sinne. Mit imaginativen Ohren sind Sie imstande, Geräusche in Ihrem Inneren zu »hören«; ebenso lassen sich allein durch die Vorstellung körperliche und seelische Gefühle wahrnehmen. Der hier vorgestellte Prozeß bezieht alle imaginativen Sinne ein, wobei Sehen, Hören und Fühlen/Spüren im Vordergrund stehen. Je intensiver Sie Ihr Phantasiepotential zu nutzen vermögen – also je aufmerksamer Sie bei Ihrer nach innen gerichteten Betrachtung sind und je klarer sich Ihre inneren Bilder abzeichnen –, desto stärker sind auch Ihre Erlebnisse und Veränderungen. Körperorientierte Visualisierungen sind der Weg zu körperlicher und seelischer Gesundheit.

Übung 3: Imaginierte Sinneseindrücke

1. Setzen Sie sich bequem hin, schließen Sie die Augen, entspannen Sie sich.
2. Stellen Sie sich vor, Sie befinden sich in einem vertrauten Raum, zum Beispiel Ihrem Schlafzimmer oder der Küche. ...
3. Sehen Sie sich genau um, betrachten Sie die Formen und Farben einzelner Gegenstände. Vielleicht erblicken Sie alles in einer Gesamtansicht, möglicherweise mustern Sie aber auch alles nacheinander. ... Schauen Sie zur Decke und zum Fußboden. Was für ein Teppich liegt dort? Wie sind die Möbel angeordnet? ... Wie viele Türen und Fenster hat das Zimmer? ... In welchen Farben sind Tapeten und Einrichtungsgegenstände gehalten? ... Versuchen Sie, einige Wände und Möbel farblich zu verändern. ...
4. Konzentrieren Sie sich auf die für dieses Zimmer charakteristischen Geräusche. ... Vielleicht hören Sie Verkehrsgeräusche von draußen, Schritte im Hausflur oder das Brummen des Kühlschranks. Nehmen Sie sich einen Augenblick Zeit, um sich auf Ihre imaginativen Ohren zu besinnen. ...
5. Gehen Sie im Zimmer umher und nehmen Sie dabei möglichst alle Sinneseindrücke wahr. ... Wie fühlen sich Ihre Füße auf dem Boden an? Welche Geräusche machen Sie beim Gehen? Spüren Sie die Luft auf ihrer Haut?
6. Betasten Sie Mobiliar und Gegenstände: Wie fühlen sich Wände, Holz und Stoffe an? Achten Sie auf die unterschiedliche Beschaffenheit der jeweiligen Oberfläche. ... Stellen Sie einige der Gegenstände um. ...
7. Wie riecht es in diesem Zimmer? Welche Düfte können Sie ausmachen? ...
8. Lassen Sie das Bild des Zimmers wieder los. ... Stellen Sie sich vor, wie sich vor der Szenerie ein Vorhang schließt. Bleiben Sie einen Augenblick im Dunkeln. ...
9. Nun öffnet sich der Vorhang wieder. Sie sehen eine erst vor kurzem erlebte Situation vor sich, in der Sie sich körperlich sehr wohl fühlten – vielleicht bei einer delikaten Mahlzeit, beim

Tanzen, bei einer wunderbaren Massage oder einem angenehmen sexuellen Erlebnis. Überlegen Sie einen Augenblick, für welche Szene Sie sich entscheiden, und konzentrieren Sie sich dann ganz auf sie. ... Tauchen Sie so in das Geschehen ein, bis sich die Empfindungen tatsächlich einstellen. ... Genießen Sie das Wohlbehagen und achten Sie auch darauf, was Sie bei diesem Erlebnis sehen, hören, riechen oder schmecken. ...

10. Nehmen Sie Abschied von Ihrem imaginären Schauplatz und kommen Sie wieder ins Hier und Jetzt zurück.

Arbeitsblatt

1. Ist Ihnen die Übung gelungen? Wenn nicht, welche Schwierigkeiten hatten Sie?
2. Beschreiben Sie einige Ihrer deutlichsten Bilder in der Gegenwartsform, so als würden Sie sie in diesem Augenblick vor sich sehen.
3. Welcher Ihrer imaginativen Sinne ist am stärksten ausgeprägt?
4. Welcher ist am schwächsten vertreten?
5. Anmerkungen.

Zum Nach- und Weiterdenken

Die meisten Menschen finden zu einigen ihrer imaginativen Sinne leichter Zugang als zu anderen. Wiederholen Sie die Übungen, bis Sie in Ihrer Vorstellung ohne Schwierigkeiten sehen, hören und fühlen/spüren. Die imaginativen Sinne von Geruch und Geschmack sind für unseren Prozeß weniger entscheidend.

Vermutlich erleben Sie Ihre imaginativen Sinne nicht so deutlich wie Ihre tatsächlichen. Nur wenige Menschen entwickeln in ihrer Vorstellung ganz klare, lebensnahe Bilder. Die meisten – auch ich – können nicht wirklich hören oder sehen, »wissen« aber, daß diese Wahrnehmungen da sind.

Bei einer so ruhigen inneren Arbeit schweifen die Gedanken häufig ab, oder man schläft sogar wirklich ein. Doch mit der Zeit werden Ihnen die Übungen immer vertrauter, so daß Ihnen die Konzentration leichter fällt. Wenn Sie immer wieder mitten in einer Übung einnicken, lassen Sie sich vielleicht zu sehr gehen, oder Sie leiden wirklich unter einem Schlafdefizit. Möglicherweise möchten Sie aber auch unbewußt bestimmten Elementen des Prozesses aus dem Weg gehen. Seien Sie ganz ehrlich. Wiederholen Sie die Übung, bis Sie bis zum Schluß wach bleiben.

Sie müssen Ihre Vorstellungskraft keineswegs perfektionieren. Trainieren Sie die Wahrnehmung Ihrer imaginativen Sinneseindrücke mit Hilfe der hier beschriebenen Übungen, bis Sie an Ihre Fähigkeiten glauben. Nach dem Durcharbeiten dieses Buches werden Visualisierungen Ihnen keine Probleme mehr bereiten.

Bei der folgenden Übung kommen Sie sich womöglich zunächst einmal albern vor. Hier sollen Sie mit Hilfe Ihrer imaginativen Muskeln Ihren gesamten Körper einbeziehen und all Ihre Sinne an Ihren inneren Bildern teilhaben lassen. Lassen Sie sich ganz auf diese Arbeit ein – um so effektiver wird das Ergebnis ausfallen.

Für die Entstehung Ihres Körperbildes ist nicht nur die seelische und emotionale Ebene verantwortlich, sondern auch das Nervensystem. Im folgenden setzen Sie sich mit Ihrem kinästhetischen Sinn auseinander, der letztlich durch Ihr Gehirn beziehungsweise Ihr Nervensystem gesteuert wird. Es geht dabei um Bewegungsempfindung, um die Fähigkeit also, die Lage und Bewegungsrichtung des Körpers überhaupt und von Körperteilen zueinander zu kontrollieren. Der kinästhetische Sinn ist auch für die Sinneswahrnehmung und die Reaktionen Ihres Körpers verantwortlich. Ohne ihn wären Sie nicht in der Lage, sich zu bewegen.

Bei der Arbeit mit Ihrem imaginativen Körper beziehen Sie Ihr Nervensystem automatisch mit ein. Ob Sie einen Arm oder ein Bein tatsächlich oder nur in Ihrer Vorstellung anheben, ist in dieser Hinsicht egal: Die entsprechenden Nervenzellen erhalten die gleichen Impulse. Die folgende Übung spielt bei der Veränderung Ihres Körperbildes eine wesentliche Rolle.

Übung 4: Der imaginierte Körper

1. Stellen Sie sich so hin, daß Sie genug Platz haben, um später Ihre Arme auszustrecken. Schließen Sie die Augen und richten Sie Ihre ganze Aufmerksamkeit nach innen. Wie fühlt sich Ihr Körper an? ... Wie ist Ihre Haltung? ... Spüren Sie Ihre Füße auf dem Boden? ... Stehen Sie fest und verwurzelt da? ... Wie fügt sich Ihr Körper in seine Umgebung ein? ... Inwieweit sind Sie wirklich Teil Ihres Körpers? ... Prägen Sie sich diese Ausgangsposition ein, um sie später als Vergleich heranziehen zu können.
2. Konzentrieren Sie sich auf Kopf und Nacken. Neigen Sie das Kinn zur Brust und richten Sie den Kopf wieder auf. Wiederholen Sie diese Ab- und Aufwärtsbewegung mehrmals, bis Sie den Bewegungsablauf im Detail verinnerlicht haben. ... Prägen Sie ihn sich genau ein. Führen Sie die Bewegung nun lediglich in Ihrer *Vorstellung* aus. Sie spüren ganz deutlich, wie Sie den Kopf zur Brust neigen und ihn wieder anheben. Wiederholen Sie diesen Vorgang mehrmals. Frischen Sie Ihr Gedächtnis zwischendurch auf, indem Sie die Bewegung tatsächlich ausführen – vielleicht nehmen Sie bei der Visualisierung leichte Muskelanspannungen wahr. Das ist nicht weiter verwunderlich, weil Sie Ihr Nervensystem allein durch Ihre *Absicht* aktivieren.
3. Wechseln Sie zwischen der tatsächlichen und der imaginären Bewegung mehrmals ab. ... Lassen Sie das innere Bild los.
4. Heben Sie beide Arme auf Schulterhöhe an und strecken Sie sie nach rechts und links aus. Lassen Sie sie mehrmals sinken und heben Sie sie wieder an, bis Sie den Bewegungsablauf im Detail verinnerlicht haben. ... Wiederholen Sie den Vorgang nun lediglich in Ihrer Vorstellung. ...
5. Wechseln Sie zwischen der tatsächlichen und der imaginativen Bewegung mehrmals ab.

6. Nun ist echte Konzentration erforderlich. Heben Sie *gleichzeitig* den rechten Arm tatsächlich und den linken nur in Ihrer Vorstellung. Lassen Sie beide wieder sinken. Versuchen Sie das Ganze nun umgekehrt, also real mit dem linken Arm und imaginiert mit dem rechten. Wiederholen Sie diese Bewegung mehrmals. ... Lassen Sie beide Arme sinken. – Eine gewisse Verwirrung ist in diesem Stadium übrigens ganz normal. Lassen Sie sich genug Zeit. Schließlich haben Sie sich nichts Geringeres vorgenommen, als Ihre Gehirnfunktion und Ihr Nervensystem zu erweitern. Versuchen Sie es einfach immer wieder. Etwas einfacher ist es am Anfang, den rechten Arm – bei geschlossenen Augen – tatsächlich anzuheben und oben zu lassen. Stellen Sie sich nun vor, wie Sie den linken anheben. Lassen Sie beide gleichzeitig sinken. Mit etwas Übung werden Sie bald beide Arme – also tatsächlich den rechten und imaginiert den linken – gleichzeitig anheben können.
7. Heben Sie nun den rechten Arm tatsächlich und den linken in Ihrer Vorstellung an und bringen Sie beide gestreckt nach vorn. Klatschen Sie mehrmals imaginär in die Hände. ... Führen Sie die Arme dann hinter den Rücken und klatschen Sie wieder ein paarmal. ... Lassen Sie die Arme sinken, machen Sie einen Augenblick Pause und sammeln Sie sich.
8. Machen Sie vier oder fünf Schritte nach vorn. ... Gehen Sie die gleiche Strecke wieder rückwärts. ... Gehen Sie nun nur in Ihrer Vorstellung ein paarmal vor und wieder zurück. ...
9. Gehen Sie wirklich ein paar Schritte vorwärts, während Sie sich gleichzeitig in Ihrer Vorstellung rückwärts bewegen. ... Ändern Sie die jeweilige Richtung und wiederholen Sie den Vorgang mehrmals.
10. Machen Sie einen Augenblick Pause und achten Sie auf die Empfindungen in Ihrem Körper.
11. Definieren Sie etwa einen Meter vor sich einen Kreis, springen Sie in ihn hinein und wieder heraus. Wiederholen Sie das Ganze nun in Ihrer Vorstellung – erst vor, dann zurück. Springen Sie nun tatsächlich, und zwar zweimal hintereinander. Dann tun Sie wieder einen imaginären Sprung, vor und zurück.

Führen Sie diesen Bewegungsablauf (zweimal wirklich, einmal imaginär) mehrmals hintereinander aus. Hüpfen Sie dann in Ihrer Vorstellung vor und bleiben Sie dort. Springen Sie schließlich, so hoch Sie können, mit ihrem tatsächlichen in Ihren imaginären Körper.

12. Bleiben Sie einen Augenblick ruhig stehen und vergleichen Sie Ihr jetziges Körpergefühl mit Ihrer Ausgangslage. Gehen Sie anschließend ganz frei herum und nehmen Sie Ihren Körper in seinen Bewegungen wahr.

Arbeitsblatt

1. Konnten Sie diese Übung durchführen? Wenn nicht, womit hatten Sie Schwierigkeiten?
2. Beschreiben Sie Ihre Erlebnisse, so als führten Sie die Übung in diesem Augenblick durch. Was hat Sie erstaunt, was haben Sie entdeckt, was ist Ihnen klar geworden?
3. Wie fühlen Sie sich jetzt in und mit Ihrem Körper?
4. Anmerkungen.

Zum Nach- und Weiterdenken

Wer gegen den eigenen Körper ankämpft, besitzt meist nur einen schwach ausgeprägten kinästhetischen Sinn. Wir können uns schlecht in unserem Körper verwurzeln, wenn wir uns eigentlich lieber von ihm lösen würden. Lassen Sie sich auf keinen Fall entmutigen, wenn Ihnen diese Übung Probleme bereitet; sie erfordert sehr viel Konzentration.

Francine, eine Kursteilnehmerin, schreibt:

»Es fällt mir schwer, meinen Körper in Bewegung zu spüren – in Wirklichkeit ebenso wie in meiner Vorstellung. Mein kinästhetischer Sinn ist äußerst schwach ausgebildet. ... Und weil ich mich damit so schwertat, leistete ich entsprechenden Widerstand. Dennoch finde ich die Erfahrung ungemein spannend. Ich glaube, es liegt vorwie-

gend an diesem kinästhetischen Sinn, daß ich mir so unwirklich vorkomme, meinem Körper so entfremdet.«

Das ist ein entscheidender Punkt. Für die Veränderung Ihres Körperbildes sind nämlich vorwiegend Ihr kinästhetischer und Ihr visueller Sinn entscheidend.

Diese Übung ist zunächst verwirrend. Sollen Sie sich eher auf die rechte oder die linke Körperhälfte konzentrieren? Auf die tatsächlichen oder imaginierten Körperteile? Natürlich ist es schwierig beziehungsweise unmöglich, an zwei Orten gleichzeitig zu sein. Aber das ist ja gerade das Interessante an dieser Übung. Sie müssen ganz aus Ihrer Mitte heraus handeln und nicht von links oder rechts aus gesehen beziehungsweise von ihrem tatsächlichen oder imaginären Standpunkt aus. Annettes Beschreibung steht stellvertretend für die Erfahrungen so vieler Teilnehmerinnen aus meinen Workshops:

»Was für ein unglaubliches Gefühl es ist, in meinen eigenen Körper zu springen, in meinem Körper zu sein, herumzugehen und meine Empfindungen wahrzunehmen! Bevor ich mit diesen Übungen anfing, war mein Körper so schwer und leblos wie ein Felsklotz. Jetzt spüre ich plötzlich eine ganz neue Lebendigkeit, eine Verbundenheit mit meinem Körper – ein Gefühl der Ganzheit.«

5 Lernen Sie Ihr Körperbild kennen!

Im Unterschied zu allen anderen Lebewesen sind nur wir Menschen in der Lage, uns selbst als Objekt gegenüberzutreten und über uns zu urteilen. Wenn wir uns im Spiegel ansehen, sind wir zugleich Betrachtende und Betrachtete. Ebenso wie unser Selbstbild sich aus der Erfahrung und Wahrnehmung unserer Persönlichkeit ergibt, geht unser Körperbild auf die Erfahrung und Wahrnehmung unserer äußeren Erscheinung zurück.

Ihr Körperbild ist ein facettenreicher, komplizierter Teil Ihres Wesens, der psychologische Raum, in dem Körper und Seele zusammenkommen. Er ist veränderbar, zum Teil jeden Tag anders, in mancher Hinsicht aber auch konstant. Manches, was Sie von Ihrem Körper denken, ist wahrscheinlich schon seit Jahren unverändert. Ihr Körperbild ist bewußt; manchmal tut es Ihnen vielleicht geradezu weh, wie Sie Ihren Körper erleben. Aber auch eine unbewußte Komponente gehört dazu – schließlich müssen Sie nicht vor jedem Schritt überlegen, wie Sie die Füße voreinander setzen. Sie besitzen viele Ansichten über ihren Körper, die Ihr Verhalten prägen, ohne daß Sie sich ihrer bewußt sind.

Ihr Körperbild ist mit Ihrem tatsächlichen Äußeren keineswegs identisch. Wie Sie sich selbst sehen und erleben, entspricht nicht unbedingt der Wahrnehmung anderer Menschen.

Allerdings verfehlen die verbalen und nonverbalen Botschaften, die Sie durch und über Ihren Körper zum Ausdruck bringen, ihre Wirkung auf andere nicht. Für Ihr Körperbild spielen zudem Ihr Körperempfinden sowie Ihr Gespür für die Bewegung einzelner Körperteile im Raum eine wichtige Rolle.

Entscheidend für Ihr Körperbild sind die visuelle, die kinästhetische und die auditive Ebene: Wie Sie Ihren Körper sehen, sich in ihm fühlen und über ihn denken beziehungsweise was Sie zu sich selbst über ihn sagen. Vermutlich liegt auf einer oder zwei dieser Ebenen einiges im argen. Möglicherweise fühlen Sie sich in Ihrem Körper ganz wohl, sind aber unglücklich über Ihre vermeintliche Wirkung auf andere. Vielleicht ist es aber auch genau umgekehrt. Unter Umständen finden Sie sich attraktiv, machen sich selbst gegenüber aber trotzdem nur abwertende Bemerkungen über Ihr Äußeres.

Wie Sie Ihren Körper sehen und beurteilen, sich in ihm fühlen und sich ihm gegenüber verhalten – all das gehört zu Ihrem Körperbild. Wann immer Sie in den Spiegel schauen, im Schaufenster einen flüchtigen Blick erhaschen oder sich selbst genau betrachten: Was Sie sehen, ist von Ihrem Körperbild geprägt.

Übung 5: Den eigenen Körper erforschen

Diese Übung stärkt sowohl Ihr subjektives Körperempfinden als auch Ihre Fähigkeit zu einer eher objektiven Einordnung einzelner Körperteile; auch die Gefühlsebene spielt eine Rolle. Die Übung besteht aus zwei Teilen: Führen Sie sie nach Belieben entweder direkt nacheinander oder mit einer Pause dazwischen durch. Auf die gestellten Fragen gibt es keine richtigen oder falschen Antworten. Lassen Sie möglichst Ihre Ansichten außer acht, und konzentrieren Sie sich statt dessen ganz auf Ihre inneren Erfahrungen, die für Sie von elementarer Bedeutung sind. Je öfter Sie diese Übung durchführen, desto besser lernen Sie Ihren Körper und Ihr Körperbild kennen. Bereiche, die bislang im dunkeln lagen, heben sich deutlicher heraus, so daß Sie sie künftig nicht mehr so verzerrt wahrnehmen. In dem Maße, wie Sie Ihren kinästhetischen Sinn schärfen, fühlen Sie sich mit Ihrem gesamten Wesen stärker im Einklang, bei allem, was Sie tun.

Hinweis: Gehen Sie Schritt für Schritt vor, indem Sie zunächst jede einzelne Frage lesen, dann die Augen schließen und in sich gehen, um die Frage zu beantworten.

Teil 1

1. Legen Sie sich auf den Boden, strecken Sie die Beine aus und lassen Sie die Arme locker links und rechts neben dem Körper liegen. Wie fühlen Sie sich in Ihrem Körper? ... Achten Sie auf Ihre Atmung, ohne etwas zu verändern. Vertrauen Sie einfach darauf, daß Ihr Atem ganz von allein funktioniert. Atmen Sie entspannt und beobachten Sie sich dabei. ...
- Welche Körperteile bewegen sich beim Atmen?
- In welcher Reihenfolge bewegen sie sich?
- Atmen Sie durch den Mund oder durch die Nase?
- Machen Sie tiefe Atemzüge oder spüren Sie irgendeine Blockade?
- Ist Ihre Lunge beim Ausatmen völlig leer?
- Folgen Sie Ihrem Atem und lernen Sie Ihren Körper von innen kennen.

2. Stellen Sie sich Ihre gesamte Körperoberfläche vor. Betrachten Sie nacheinander alle Körperteile. Welche sehen Sie deutlich vor sich, welche sind dagegen verschwommen oder in Ihrer Wahrnehmung überhaupt nicht vorhanden? ...

3. Konzentrieren Sie sich darauf, wie Sie auf dem Boden liegen.
- Wie fühlen Sie sich? Leicht? Schwer? Frei? Eingeschränkt? Wie geht es Ihnen in diesem Augenblick?
- Spüren Sie, wie Ihr Rücken auf dem Boden liegt. Ist der Kontakt auf der rechten Seite genauso wie auf der linken?
- An welchen Stellen spüren Sie Druck? ... Gehen Sie innerlich

von den Fersen bis hinauf zum Kopf. Wo gibt der Boden Ihnen Halt?

- Achten Sie auf die Körperstellen, die nicht auf dem Boden aufliegen: Stellen Sie sich die Größe der jeweiligen Zwischenräume vor – am Nacken, am oberen Teil der Schulter, zwischen den Schulterblättern, am unteren Rücken, an den Knien sowie an den Fuß- und Handgelenken.
- Gehen Sie mit einer Hand in die Zwischenräume am Nacken und am unteren Rücken, möglichst ohne Ihre Körperhaltung zu verändern. Sind sie wirklich so groß, wie sie sich vorher anfühlten? ...

4. Konzentrieren Sie sich nun auf Ihren gesamten Körper.

- Wenn die Zimmerdecke langsam nach unten sinken würde, welches Körperteil würde sie zuallererst berühren? Ihre Brüste? Ihre Nase? Ihren Bauch? Ihre Zehen?
- Wie breit sind Sie eigentlich? Machen Sie sich ein Bild von Ihrem Umfang. Wo befindet sich die breiteste Stelle? Wo die schmalste?
- An welchen Stellen ist mehr Fleisch vorhanden, an welchen nicht?

5. Stellen Sie sich den Umfang Ihres Kopfes vor. ... Markieren Sie diese Breite in der Luft mit beiden Händen, und lassen Sie diese dann langsam aufs Gesicht sinken. War Ihre Einschätzung richtig?
6. Stellen Sie sich nun den Umfang Ihrer Hüfte vor. ... Markieren Sie die Breite in der Luft mit beiden Händen und lassen Sie diese langsam sinken, ohne ihre Haltung zu verändern. Entspricht Ihre Annahme der Wirklichkeit?
7. Nehmen Sie Ihren Körper nun als Einheit wahr. ... Sprechen Sie sich mit Ihrem Namen an und sagen Sie: »Das ist mein Körper, in dem ich, ..., wohne.« Lassen Sie die Worte auf sich wirken und wiederholen Sie sie noch einmal und kommen Sie wieder ins Hier und Jetzt zurück.

Arbeitsblatt

1. Wie fühlt sich Ihr Körper jetzt an? Hat sich allein durch Ihre Aufmerksamkeit für ihn etwas verändert?
2. Beschreiben Sie Ihre Erfahrungen in der Gegenwartsform, so als führten Sie die Übung in diesem Augenblick durch. Berücksichtigen Sie dabei auch eventuelle, durch den Prozeß ausgelöste Reaktionen, Überraschungen, Fragen und Gefühle.
3. Welche Teile Ihres Körperbildes sind für Sie am deutlichsten erkennbar? Welche zeichnen sich nur schwach ab oder fehlen gänzlich?
4. Hat Ihre Größeneinschätzung gestimmt oder nicht?
5. Hatten Sie Probleme bei dieser Übung? Notieren Sie sie.
6. Anmerkungen.

Teil 2

1. Legen Sie sich hin und entspannen Sie sich. Achten Sie darauf, wie Sie sich im Augenblick in Ihrem Körper fühlen.
2. Suchen Sie die Stellen in Ihrem Körper, an denen Sie Ihre Emotionen speichern. Stellen Sie sich dazu eine Situation vor, die von einem bestimmten Gefühl beherrscht war. In welchen Körperstellen nehmen Sie diese Empfindung wahr?

- Wo befindet sich Ihre Wut?
- Wo befindet sich Ihre Liebe?
- Wo befindet sich Ihre Schuld?
- Wo befindet sich Ihre Scham?
- Wo befindet sich Ihre Angst?
- Wo befindet sich Ihre Mutter?
- Wo befindet sich Ihr Vater?
- Wo befindet sich Ihre Freude?

3. Suchen Sie die Stellen in Ihrem Körper, an denen sich Gefühle stauen. Vielleicht finden Sie heraus, welche Botschaften dort verborgen sind. Widmen Sie sich nacheinander jeder einzelnen Körperstelle. Was würde sie Ihnen wohl sagen, wenn

sie sprechen könnte? Möglicherweise möchten Sie ihr ja antworten. ...

4. Nehmen Sie Ihren Körper nun als Einheit wahr. ... Sprechen Sie sich mit Ihrem Namen an und sagen Sie: »Dies ist mein Körper, in dem ich, ..., wohne.« Lassen Sie die Worte auf sich wirken und wiederholen Sie sie noch einmal.

Arbeitsblatt

1. Wie fühlt sich Ihr Körper jetzt an?
2. Beschreiben Sie Ihre Erfahrungen in der Gegenwartsform, so als führten Sie die Übung in diesem Augenblick durch. Berücksichtigen Sie dabei auch eventuelle, durch den Prozeß ausgelöste Reaktionen, Überraschungen, Fragen und Gefühle.
3. Skizzieren Sie Ihren Körper und markieren Sie die Stellen, an denen Sie Emotionen oder Blockaden entdeckt haben.
4. Welche Botschaften hat Ihr Körper Ihnen überbracht?
5. Hatten Sie Probleme bei dieser Übung? Notieren Sie sie.
6. Anmerkungen.

Zum Nach- und Weiterdenken

Die Erforschung des eigenen Körpers ist ein Weg zur kinästhetischen Verwurzelung. Mit Hilfe dieser Übung nehmen Sie Ihren Körper mit der Zeit anders wahr: Aus der verschwommenen, formlosen Masse wird ein klares Bild mit scharfen Konturen. Diese Deutlichkeit ist eine unabdingbare Voraussetzung für ein gesundes Verhältnis zwischen Körper und Seele. Weiterhin erhalten Sie durch diese erste Kommunikation mit Ihrem Körper wichtige Informationen über dessen Bedürfnisse, Blockaden und Gefühlszustände.

Am besten machen Sie diese Übung mehrmals, denn mit jeder Wiederholung erweitern Sie Ihren Wortschatz für die Beschreibung Ihrer kinästhetischen Erfahrungen. Zudem wird Ihr verzerrtes Körperbild mit der Zeit immer schwächer und der Zugang zu Ihren Gefühlen leichter.

Francine lernte durch diese Übung viel über ihr Körperbild und sich selbst:

»Ich bin völlig überrascht über die Dominanz meiner oberen Körperhälfte, insbesondere von Gesicht und Schultern. Wenn sich die Zimmerdecke herabsenkt, berührt sie zunächst meine Nase. Alles unterhalb der Hüfte verschwimmt zwar, kommt mir aber trotzdem riesig vor. Ich muß lachen, als ich meine Hüftbreite bestimmen soll – in meiner Vorstellung bin ich viel breiter als in Wirklichkeit. Ich fühle mich wohl. Ich lege mir die Hände auf die Hüften und nehme sie so an, wie sie sind. Die Größe meines Kopfes und meine Gesichtszüge kann ich genauer bestimmen, wobei ich vollere Lippen habe, als ich dachte. Ich glaube, ich presse meinen Mund aus Abscheu so oft zusammen, daß meine Lippen mit der Zeit schmal geworden sind. Als ich mich bei meinen Körperteilen nach ihren Botschaften erkundigte, meinte mein Rücken, er habe Schmerzen und ich solle ihm nicht zuviel aufladen. Auch mein rechter Eierstock leidet. Er sagt: ›Ich tue weh. Ich gehöre zu deiner Weiblichkeit. Hast du mich denn vergessen? Ich bin ein Teil deiner Verbindung mit dem Leben, dem Zyklus, mit Geburt und Tod.‹ Meine Kehle ist ganz zugeschnürt und meint: ›Ich will weinen. Ich will schreien. Ich will singen. Bitte würge mich nicht. Ich möchte mich ausdrücken.‹ Mein Unterleib und mein Genitalbereich sagen: ›Bitte begegne uns nicht mit Haß. Wir sind doch nicht schlecht.‹ Meine Brüste sind ganz taub und sehnen sich nach der Zeit zurück, als ich noch ein kleines Mädchen war.«

Francines Geschichte zeigt, wie leicht ein verzerrtes Körperbild entsteht. Tatsächlich erhalten wir wichtige Informationen, wenn wir uns nur einmal die Zeit nehmen und auf die Botschaften unseres Körpers hören. Häufig bringt der Körper Gefühle zum Ausdruck, die wir selbst nicht wahrhaben wollen. Je mehr wir mit unserem Körper im Einklang stehen, desto besser wird also auch der Zugang zu unseren Gefühlen. Natürlich erfordert das Erkennen körperlicher Gefühle eine gewisse Übung. Lassen Sie sich daher nicht gleich entmutigen, wenn der erste Versuch lediglich ein paar vage Anhaltspunkte liefert.

Bei dieser Übung zur Körpererforschung sollten Sie Ihrem Körper mit besonderer Aufmerksamkeit begegnen, mit einer ruhigen, harmonischen, achtsamen und unvoreingenommenen Haltung. Durch wiederholtes Üben lernen Sie, diese unvoreingenommene Einstellung auch auf Ihren täglichen Umgang mit Ihrem Körper und auf sämtliche andere Lebensbereiche zu übertragen.

Bei den meisten Frauen ist die visuelle Ebene ihres Körperbildes am stärksten verzerrt und mit Vorurteilen beladen. Unser Blick in den Spiegel ist nämlich keineswegs objektiv: Unsere Wahrnehmung setzt sich vielmehr zusammen aus Erinnerungen an frühere Zurückweisungen, verborgenen Gefühlen, unerreichten Zielen sowie anderen Aspekten, die wenig oder gar nichts mit dem wirklichen Spiegelbild zu tun haben.

Wir haben wenig Gelegenheit, uns so zu sehen, wie wir wirklich sind. Im Spiegel betrachten wir uns seitenverkehrt und normalerweise in einer bestimmten Pose. Fotos zeigen uns statisch, und wir mustern mit kritischem Blick einzelne Körperteile, die aus fototechnischen Gründen jedoch verzerrt wirken oder perspektivisch verkürzt sind.

Daraus bilden wir uns ein Urteil über unser Äußeres, das sich mit der Zeit in unserem Unterbewußtsein festsetzt. Indem wir uns diese Gefühle und Urteile bewußt ansehen, haben wir die Möglichkeit, sie zu verändern.

Übung 6: Der imaginäre innere Spiegel

1. Setzen Sie sich bequem hin, schließen Sie die Augen, und entspannen Sie sich.
2. Stellen Sie sich vor, Sie stehen bekleidet vor einem großen, dreiteiligen Spiegel. Betrachten Sie sich von allen Seiten. Mu-

stern Sie Ihr Spiegelbild sorgfältig und möglichst objektiv. Tun Sie so, als sähen Sie sich zum ersten Mal. Schauen Sie sich mit neugierigem Interesse an.

3. Angenommen, Sie würden dieser Frau dort im Spiegel zum ersten Mal begegnen. Was erfahren Sie über sie?
- Was sagt Ihnen ihre Körperhaltung?
- Was sagt Ihnen ihr Gesichtsausdruck?
- Was sagt Ihnen die Art und Weise, wie sie sich kleidet?
- Wie scheint diese Frau im Spiegel sich mit sich selbst und ihrem Körper zu fühlen?

4. Ziehen Sie sich jetzt aus. Betrachten Sie mit dem gleichen neugierigen Interesse Ihren nackten Körper im Spiegel.
- Stehen Sie jetzt anders da als vorher?
- Welche Gefühle nehmen Sie wahr, wenn Sie Ihren nackten Körper betrachten?
- Sind Sie zufrieden? Schämen Sie sich? Fühlen Sie sich verletzlich? Was fühlen Sie?
- Welche Werturteile kommen Ihnen in den Sinn, wenn Sie Ihren nackten Körper ansehen?

5. Auf welche Körperpartien konzentrieren Sie sich? Welchen schenken Sie kaum Beachtung, und welche ignorieren Sie völlig?

6. Was mögen Sie an Ihrem Körper? Was nicht?

7. Studieren Sie Ihr imaginäres Spiegelbild von vorn. Betrachten Sie die einzelnen Körperteile nacheinander und achten Sie dabei auf Ihre Gefühle. Welche Werturteile kommen Ihnen in den Sinn? Nehmen Sie Ihre Empfindungen zur Kenntnis und versuchen Sie dann, sie loszulassen.
- Wie fühlen Sie sich, wenn Sie Ihr Gesicht und Ihren Kopf betrachten? Achten Sie auf Haare, Augen, Nase, Mund, Hals und Gesichtshaut.
- Wie fühlen Sie sich, wenn Sie Ihre Haut betrachten? Achten Sie auf Beschaffenheit und Teint.
- Wie fühlen Sie sich, wenn Sie Ihren Rumpf betrachten? Achten Sie auf Schultern, Brüste, Taille, Bauch, Hüfte und den Genitalbereich.

– Wie fühlen Sie sich, wenn Sie Ihre Arme und Hände sowie Ihre Beine und Füße betrachten?
– Wie fühlen Sie sich, wenn Sie Ihre Konturen und Rundungen betrachten?
8. Mustern Sie Ihren Körper nun von der Seite. Achten Sie auf Ihre Werturteile. Wie sehr sind Sie auf sie fixiert?
– Achten Sie auf Ihre Körperhaltung. Wie tragen Sie den Kopf auf den Schultern? Lassen Sie den Blick über die Wölbung Ihres Rückens gleiten.
– Mustern Sie die Konturen Ihres Pos. Achten Sie auf den Übergang zu Taille und Oberschenkeln.
– Achten Sie auf die Konturen Ihres Bauches und die Form Ihrer Brüste.
– Achten Sie auf die Form Ihrer Beine.
9. Betrachten Sie Ihren Körper nun von hinten.
– Wie stehen Sie da?
– Welche Körperpartien sehen Sie deutlich vor sich, welche nicht?
– Wie fühlen Sie sich beim Betrachten Ihres Körpers?
10. Drehen Sie sich wieder um und betrachten Sie sich von vorn. Sehen Sie Ihr Spiegelbild an und sagen Sie: »Das ist mein Körper, in dem ich, ..., wohne.«

Arbeitsblatt

1. Wie fühlen Sie sich jetzt? Wie fühlen Sie sich mit Ihrem Körper?
2. Beschreiben Sie Ihre Erfahrungen in der Gegenwartsform, so als führten Sie die Übung in diesem Augenblick durch. Berücksichtigen Sie dabei eventuelle Wahrnehmungen, Überraschungen, Gefühle, Werturteile und Eindrücke.
3. Sind Sie bereit, sich von einigen Ihrer Werturteile zu trennen? Von welchen?
4. Welche können Sie nur schwer loslassen?
5. Hatten Sie Probleme bei dieser Übung? Notieren Sie sie.
6. Anmerkungen.

Zum Nach- und Weiterdenken

Vermutlich brachten die ersten Versuche mit dieser Übung zunächst einmal Negatives ans Tageslicht. Stünden Sie Ihrem Körper uneingeschränkt positiv gegenüber, würden Sie schließlich nicht dieses Buch lesen. Sehen Sie sich diese negativen Dinge genau an. Dann wissen Sie, was Sie sich selbst die meiste Zeit über antun.

Barbara beispielsweise stand eine vorschnelle Kritikerin zur Seite:

»Mir fallen stets die Körperstellen auf, die ich nicht mag. Über die angenehmen sehe ich eher hinweg. Beim Blick in den Spiegel scheint mein Körper mir manchmal entgegenzuschreien: ›Ich bin so häßlich!‹ Ich bringe mein Äußeres einfach nicht mit meinem Wunschbild in Einklang. Selbst wenn ich mich ihm annähere, macht irgendein kleiner Schönheitsfehler lautstark auf sich aufmerksam: ›Hallo, hier bin ich!‹ Das fällt anderen dann natürlich genauso auf wie mir.«

Wir sind auf unseren Negativblick geradezu fixiert und versuchen stets, ihn möglichst auch anderen zu vermitteln. Peggys wachsame innere Kritikerin hatte stets abfällige Bemerkungen zur Hand, sobald sich gute Gefühle einzustellen drohten. Irgendwann wurde ihr klar, daß sie ihr negatives Körperbild brauchte; auf diese Weise bestätigte sie sich immer wieder, unzulänglich und nicht liebenswert zu sein, eben eine Versagerin.

Auch Kathryn machte durch diese Übung eine wichtige Erfahrung.

»Zunächst spürte ich gar nichts. Dann betrachtete ich mich wirklich einmal genau – und entdeckte die Spuren der Vergangenheit. ... Mit einem Mal wurde mir klar, daß ich durch die Mißachtung meines Körpers die Abwertung meiner Person fortsetzte. Eine Zustimmung zu meinem Äußeren hätte ein Ja zu mir selbst bedeutet. Solange ich meinen Körper ablehnte und seinen Wert, seine Schönheit

ignorierte, konnte ich mich weiterhin selbst verachten. Mein Leben ist immer schon von Selbsthaß und Selbstmitleid geprägt gewesen, was natürlich nicht ohne Einfluß auf meine Beziehung zu mir selbst und zu anderen blieb. Inzwischen merke ich immer mehr, daß mein Körper zu mir gehört. Wenn ich ihn mag, mag ich mich selbst.«

Möglicherweise bestürzt es Sie zu sehen, was Sie sich eigentlich alles zumuten. Der Wachstumsprozeß hat nicht nur angenehme Seiten: Wir müssen auch lernen, uns von selbstverachtenden Verhaltensweisen zu verabschieden. Die folgende und weitere Übungen versetzen Sie allmählich immer mehr in die Lage, Ihre vielen inneren Stimmen wahrzunehmen. Im Augenblick sind Ihre inneren Kritikerinnen noch viel zahlreicher und hörbarer als Ihre Fans. Doch sobald Sie sich Ihren Kritikerinnen stellen und sie nach und nach zum Schweigen bringen, wird sich diese Gewichtung verschieben.

Bei der folgenden Übung dringen Sie noch tiefer in Ihr Unterbewußtsein ein. Lassen Sie möglichst alle spontanen Bilder zu, steuern Sie sie nicht. Vielleicht werden Sie über einige überrascht oder verwirrt sein, aber vermutlich handelt es sich nur um die exakte Wiedergabe Ihrer inneren Wirklichkeit. Vertrauen Sie auf sich selbst. Ihr Unterbewußtsein wird nichts zutage fördern, womit Sie nicht umgehen können.

Übung 7: Türen öffnen

1. Setzen Sie sich bequem hin, schließen Sie die Augen und entspannen Sie sich.
2. Stellen Sie sich vor, Sie gehen spazieren. Es ist ein herrlicher Tag. Der Himmel ist wolkenlos. ... Sie spüren, wie die Sonne Ihre Haut erwärmt ... Wie fühlt sich der Boden unter Ihren Füßen an? Ihr Körper ist in Bewegung. ... Nehmen Sie alles wahr, was Sie auf Ihrem Spaziergang sehen, hören oder riechen. ...

3. In der Ferne erkennen Sie undeutlich ein Gebäude, das sich beim Näherkommen als ein Haus entpuppt. Gehen Sie darauf zu. ...
4. Sie gehen um das Haus herum und betrachten es von allen Seiten. ... Wie sieht es aus, in welchem Zustand befindet es sich? Wie groß ist es? Welche Farbe hat es? Achten Sie auf die Bauweise und sonstige Details. ...
5. Wie fügt sich das Haus in seine Umgebung ein? ... Ist die Landschaft schön? Gibt es einen Garten? Stehen in der Nähe noch weitere Gebäude?
6. Welche Gefühle ruft das Haus in Ihnen hervor? Gefällt es Ihnen? Mögen Sie den Baustil? Was sagt Ihnen nicht zu?

Arbeitsblatt

1. Beschreiben Sie sich selbst in der Gegenwartsform mit den gleichen Worten, mit denen Sie zuvor das Haus skizziert haben, zum Beispiel: »Ich bin groß und stattlich« oder »Ich bin gut gebaut, brauche aber einen neuen Anstrich« oder »Ich bin klein und unauffällig und stehe mitten im Wald« und so weiter.
2. Inwieweit entspricht Ihr Haus Ihrem Körper- beziehungsweise Selbstbild?
3. Welche Gefühle verbinden Sie mit diesem Haus?

7. Kehren Sie wieder zu Ihrem Bild von dem Haus zurück. Gehen Sie zur Haustür und legen Sie eine Hand auf die Türklinke. Stellen Sie sich darauf ein, daß Sie die Tür gleich öffnen werden, um über die Schwelle in Ihr Selbst zu treten. ... Welche Gefühle ruft diese Vorstellung in Ihnen hervor? ... Nehmen Sie sie wahr und öffnen Sie dann die Tür.
8. Treten Sie ein und schauen Sie sich eine Weile im Innern des Hauses um. Lassen Sie alle spontanen Bilder zu, ohne sie zu bewerten oder zu steuern. Bleiben Sie dabei in Kontakt zu Ihren Gefühlen. ...

9. Nun entdecken Sie einen Flur mit Türen auf beiden Seiten. ... Gehen Sie ihn entlang, bis Sie auf eine Tür mit dem Hinweis »Körperzimmer« stoßen. ... Legen Sie eine Hand auf die Türklinke. Was empfinden Sie bei der Vorstellung, daß Sie die Tür gleich öffnen und eintreten werden?

10. Öffnen Sie die Tür und betreten Sie Ihr »Körperzimmer«. Lassen Sie mit Hilfe all Ihrer imaginären Sinne alle spontanen Bilder von Einrichtung zu, ohne sie zu bewerten oder zu steuern. Bleiben Sie eine Weile in Ihrem »Körperzimmer« und sehen Sie sich genau um. Bleiben Sie dabei in Kontakt zu Ihren Gefühlen. ...

11. Suchen Sie sich in dem Zimmer etwas aus, das Ihre Aufmerksamkeit auf sich zieht, zum Beispiel einen Gegenstand, eine Eigenschaft oder ein Merkmal. Stellen Sie sich davor und fragen Sie: »Was möchtest du mir über mein Verhältnis zu meinem Körper sagen?« Identifizieren Sie sich nun so mit diesem Gegenstand, daß Sie wirklich in ihn hineinschlüpfen, und beantworten Sie die Frage an seiner Stelle. ... Gehen Sie wieder in Ihr eigentliches Selbst zurück. ... Bedanken Sie sich bei dem Gegenstand für seine Hilfe.

12. Wiederholen Sie den vorhergehenden Schritt mit anderen Gegenständen oder Merkmalen des Zimmers, die für Sie von Bedeutung sind.

Arbeitsblatt

1. Vergegenwärtigen Sie sich noch einmal jeden einzelnen Gegenstand. Was hat er mit der Art und Weise, wie Sie Ihren Körper erleben, zu tun?
a) Inwieweit ähneln Sie (oder Ihr Körper) diesem Gegenstand? Welchen Teil von Ihnen repräsentiert er?
b) Was verbinden Sie mit diesem Gegenstand?
c) Wie würden Sie die Botschaft des Gegenstands an Sie interpretieren? Verstehen Sie jetzt vielleicht besser, wie Sie an Ihrem Körperbild arbeiten müssen?

13. Widmen Sie sich wieder dem Bild Ihres »Körperzimmers«. Treten Sie einen Schritt zurück, so daß Sie den ganzen Raum überblicken. ... Was müßten Sie ändern, damit Ihnen das Zimmer besser gefällt? ... Führen Sie diese Veränderungen unter Einbeziehung all Ihrer imaginativen Sinne zügig durch – wie in einem Zeitrafferfilm. ...
14. Wenden Sie sich nun zum Gehen. Sehen Sie sich noch einmal in Ihrem »Körperzimmer« um und gehen Sie dann hinaus. Schließen Sie die Tür hinter sich. Sie wissen, daß Sie jederzeit zurückkehren können. Wann immer Sie ein Bild für das Verhältnis zu Ihrem Körper brauchen, dürfen Sie diese Tür öffnen.

Arbeitsblatt

1. Was haben Sie bei dieser Übung über Ihr Körperbild gelernt?
2. Wie deuten Sie Ihre inneren Bilder? Was lernen Sie aus ihnen?
3. Wie fühlen Sie sich, wenn Sie Türen öffnen? Traten bei dieser Arbeit mit Ihrem Körperbild ähnliche Empfindungen auf?
4. Wofür stehen die Veränderungen in Ihrem Zimmer? Haben sie etwas damit zu tun, wie Sie Ihr Verhältnis zu Ihrem Körper verändern wollen?
5. Hatten Sie Probleme bei dieser Übung? Notieren Sie sie.
6. Anmerkungen.

Zum Nach- und Weiterdenken

Das Haus gilt als archetypisches Symbol für unser Wesen beziehungsweise unseren Körper. Das Öffnen symbolischer Türen fördert im allgemeinen präzise und zuweilen auch überraschende Informationen über das eigene Selbst- und Körperbild zutage. Bei der Arbeit mit Symbolen treffen wir meist auf weniger Widerstand als bei einem direkten Ansatz. Diese sehr wirksame Methode fördert ganz oder zum Teil verdrängte Wahrheiten über uns selbst ans Tageslicht.

Die Übung Türen öffnen zeigt Ihnen, wie Sie sich nach außen geben und sich dabei fühlen; zudem erfahren Sie Näheres über Ihr Körperbild. Unser innerer Symbolismus ist übrigens nicht statisch. Wenn Sie diese Übung mehrmals wiederholen (und das sollten Sie auf jeden Fall tun), werden sich die Symbole vermutlich verändern. Unterschiedliche Bilder stellen keinen Widerspruch dar, sondern ergänzen einander und helfen Ihnen dabei, diesen facettenreichen und komplexen inneren Raum, Ihr Körperbild, am Ende besser zu verstehen.

Zuweilen kommen mit Hilfe dieser Übung verblüffend konkrete Hinweise auf bestimmte Konflikte zum Vorschein. Patricia sah ihr Haus als

»ein riesiges, kaltes, leeres Schloß. Um mich herum ist Wasser, und über eine schmale, wacklige Brücke gelangt man zu einem Eisentor. Die Hauswand ist von Wein ganz überwuchert. Hinterm Haus stehen mehrere hohe Bäume mit grünen Blättern. Auf einem Schild steht: ›Achtung! Betreten verboten!‹ … Das gibt genau wieder, wie ich mich in letzter Zeit fühle.«

Es ist in der Tat schwer, an Patricia heranzukommen. Sie erlebt ihr Inneres als einen kalten, leeren Hohlraum.

Bei manchen sieht das Haus außen anders aus als innen. Allisons Haus war ein

»großer Wohnblock in der Stadt: zwar sauber und ordentlich, aber auch kalt, obwohl die einzelnen Wohnungen warm und gemütlich sind und Geborgenheit ausstrahlen. … Ich sehe mich selbst groß, selbstsicher und robust – eben genauso wie diesen Wohnblock. Manchmal bin ich zu anderen Menschen auch etwas distanziert. Aber in den einzelnen Wohnungen sind jede Menge Gefühle vorhanden.«

Ich schlug Allison vor, sich auf ein Gespräch zwischen dem kalten Äußeren und dem warmen Inneren einzulassen. Dann würde sie unter Umständen die Gründe für Ihr Festhalten an der Fassade erkennen. Diese Methode ist bei widersprüchlichen inneren Bildern äußerst hilfreich. Allisons Bild zeigt, daß sie ihre Gefühle nicht als zu sich gehörig empfindet und folglich ihr Haus in verschiedene Wohnungen unterteilt.

Was Sie kurz vor Öffnung der Türen zu Ihrer Vorstellungswelt empfinden, ist unter Umständen charakteristisch für Ihre Herangehensweise an diese Arbeit. In gewissem Sinne überschreiten Sie ja die Türschwelle zu Ihrem Selbst. Manche von Ihnen tun das mit wahrer Begeisterung und voller Vorfreude, während andere eher eine Mischung aus Bereitwilligkeit, Sorge, Angst, Widerstand und klarer Ablehnung verspüren. All diese Gefühle sind in Ordnung. Nehmen Sie einfach Ihren jetzigen Standpunkt wahr und entscheiden Sie, welchen Weg Sie von dort aus einschlagen möchten.

In Ihrem »Körperzimmer« finden Sie Fragen und Antworten zu Ihrem derzeitigen Verhältnis zu Ihrem Körper. Möglicherweise verbergen sich diese Informationen hinter merkwürdigen Symbolen, vielleicht sind sie aber auch ganz offensichtlich. Ihre eigene Interpretation dieser Bilder hilft Ihnen auf jeden Fall weiter. Und indem Sie sich mit ihnen identifizieren, verstehen Sie sie von innen heraus.

Leere oder dunkle »Körperzimmer« sind keineswegs ungewöhnlich. Auch ein leeres Zimmer enthält Informationen. Es könnte zum Beispiel darauf hinweisen, was in Ihrem Verhältnis zu Ihrem Körper fehlt. Vielleicht bedeutet es aber auch nur, daß Sie mit einem Mehr an Informationen derzeit noch nicht umgehen können. Auch in einem dunklen oder leeren Zimmer vermitteln Wände, Türen oder der Fußboden unter Umständen bestimmte Botschaften. Gelegentlich muß man sich bei Dunkelheit oder Leere einfach in Geduld üben, bis man etwas erkennt. Margie sah ein

»dunkles Zimmer mit einem schwachen Lichtschein. Nach einer Weile wird das Bild heller, und das Licht erweist sich als eine brennende Kerze. Im Zimmer befinden sich ein Kamin und ein gemütliches Sofa mit großen, flauschigen Kissen. Der Kerzenschein wird immer heller. Der Kamin strahlt Wärme und Behaglichkeit aus, obwohl kein Feuer brennt. Das Sofa wirkt einladend. An den Wänden hängen Wandteppiche. Das ganze Zimmer ist voller unterschiedlicher Stoffe, allerdings gibt es weder Fenster noch Pflanzen oder andere Lebewesen. Kein Sonnenstrahl dringt herein; ich muß Fenster einsetzen (um hinausschauen und sehen zu können) und viele Pflanzen aufstellen, damit Sonnenlicht hereinströmt und der Raum lebendig wird. Auch das Feuer im Kamin sollte entzündet werden. Die Kerze darf ganz herunterbrennen. Trotz meiner Ängste breitet sich Hoffnung in mir aus.«

Was Margie in ihrem Zimmer anders machen möchte, gibt Hinweise auf die notwendigen Veränderungen in ihrem Leben.

Symbole haben für uns alle eine andere Bedeutung. Nicht selten treten wir in das »Körperzimmer« ein und erkennen einzelne Körperteile. Manchmal suchen wir uns recht prosaische Bilder aus, die sich dennoch ganz unterschiedlich interpretieren lassen. Beth sah Körperteile vor sich und mußte an eine traumatische Erfahrung während einer Operation denken, als sie ihren Körper nicht mehr als Einheit spürte. Vicki arbeitet in einem Ersatzteillager für Autos und sah ihre Körperteile ordentlich im Regal gestapelt. Sie interpretierte das Bild als Symbol dafür, daß sie ihren Körper als Ware betrachtete.

Auch Fenster sagen nicht immer das gleiche aus. Margie stellte mit ihren Fenstern Kontakt zur Außenwelt her und ließ Energie herein. Fenster bringen unter Umständen auch das Licht der Erkenntnis ins Dunkle. In Joannes Zimmer war in die Fenster kein Glas eingesetzt, und so fühlte sie sich von Reizen von außen gleichsam »überflutet«.

Finden Sie die Bedeutung Ihrer eigenen Symbole heraus, indem Sie sie zu Ihnen sprechen lassen. Nur Sie selbst wissen, warum Sie sich für bestimmte Bilder entscheiden und was sie

Ihnen zu sagen versuchen. Manchmal müssen Sie es immer wieder versuchen, bis Sie die vagen Botschaften entschlüsselt haben. Nehmen Sie sich genug Zeit und lassen Sie sich immer wieder auf innere Gespräche ein. Sie werden dafür mit wertvollen Informationen belohnt, für die Sie bei einer Psychotherapie vielleicht jahrelange Einzelsitzungen gebraucht hätten.

6 Kulturelle Wurzeln

Ihr Körperbild ist das Produkt sämtlicher Erfahrungen Ihres Lebens. Legten Ihre Eltern in Ihrer Kindheit Wert auf Körperkontakt? Vermittelten Ihre Rollenvorbilder Ihnen Wertschätzung für Ihren Körper? Welche Zustimmung oder Ablehnung erfuhren Sie durch Gleichaltrige? Welche positiven und negativen Rückmeldungen über sich oder Ihr Äußeres erhielten Sie von Menschen, die Ihnen wichtig waren? Inwieweit entsprach Ihr Körper dem gängigen Schönheitsideal unserer Gesellschaft?

Unsere Persönlichkeit wird sowohl durch unseren familiären Hintergrund geprägt als auch durch die Kultur, in der wir aufwachsen. Zwischen beiden Einflüssen besteht eine Wechselwirkung: Die gesellschaftliche Moral bestimmte nämlich maßgeblich die Wertvorstellungen unserer Eltern und damit ihre Form der Kindererziehung, was sich wiederum auf die Entwicklung unserer Wertvorstellungen auswirkte. Gleichzeitig schafften diese familienspezifischen Besonderheiten in unserer Erziehung die Voraussetzung dafür, daß wir uns kulturellen Einflüssen gegenüber öffneten. Unser Verhältnis zu unserem Körper können wir nur verstehen, wenn wir uns mit unserem kulturellen Umfeld auseinandersetzen.

Das äußere Erscheinungsbild besitzt in unserer Gesellschaft einen hohen Stellenwert. Das gilt insbesondere für Frauen, denn sie wachsen in dem Glauben auf, es sei ihre vorrangige, wenn nicht sogar einzige Aufgabe im Leben, zu heiraten und Kinder zu bekommen beziehungsweise sich für einen Mann schön zu machen. Natürlich hat die Frauenbewegung erheblich zur Entschärfung dieser Situation beigetragen. Aber trotzdem betrachten auch heute noch die meisten Frauen ihre Attraktivität als Voraussetzung für die Erfüllung ihrer biologischen und gesellschaftlichen Aufgabe. Glück und Zufriedenheit, kurz das Schicksal einer Frau, hängen demnach davon ab, ob sie dem Schönheitsideal entspricht oder nicht. Für viele von uns ist dieser Mythos längst noch nicht begraben.

In unserer Kultur werden Männer von Kindesbeinen an auf Macht, Tatkraft und Erfolg getrimmt. Ihr Selbstbild ergibt sich vorrangig aus der Frage, inwieweit sie diese Erwartungen erfüllen. Auch wenn sich manche Männer insbesondere in ihrer Jugend über die Größe ihres Geschlechtsorgans und mangelnde Muskelmasse Sorgen machen, sind körperliche Faktoren für sie letztlich weniger wichtig als ihr Erfolg in der Welt. Aufgrund dieser völlig unterschiedlichen Wertmaßstäbe sind Männer imstande, ihr positives Selbstbild auch bei erheblichen körperlichen Mängeln aufrechtzuerhalten. Das Streben nach körperlicher Perfektion bleibt Frauensache.

Was ist Schönheit überhaupt? Woher wissen wir, ob wir attraktiv sind oder nicht? Irgendwo scheint ein Idealbild zu existieren, das Frauen sich zum Maßstab nehmen. Anders als früher üben die Medien heutzutage einen enormen Einfluß auf unsere Gedanken, Wertvorstellungen, Ideale und Zielsetzungen aus. Natürlich setzen Kinofilme und Modezeitschriften schon seit vielen Jahren Zeichen, aber erst der Einzug des Fernsehens verschaffte den Medien die nötige Macht, um unser Leben zu manipulieren. In unserer Gesellschaft sind die meisten Menschen unter 35 Jahren vor dem Fernseher aufgewachsen. Der Großteil unserer heutigen Ansichten und Kenntnisse über die Welt geht letztlich auf diesen elektronischen Babysitter zurück.

Durch die Medien erfahren Frauen heutzutage täglich, wie sie im Vergleich zu den unnatürlichen ästhetischen Normen abschneiden, die einengen und gleichzeitig unerreichbar und äußerst vergänglich sind. In der Zeitschrift *Vogue Complete Beauty* schreibt Deborah Hutton: »Am schlimmsten ist es, wenn man in der falschen Zeit lebt, wenn der Look vielleicht irgendeinem künftigen Standard entspricht, nicht aber dem aktuellen.«

Die Botschaften der Medien dringen durch Bilder zu uns, die unserer eigenen Wirklichkeit widersprechen. Ganz gleich, mit wie vielen Diäten wir uns quälen oder welches Deodorant wir benutzen – die Erscheinung auf der Mattscheibe oder dem gedruckten Zeitschriftentitel ist und bleibt für uns eine unerreichbare Illusion.

Frauen sind für die Botschaften der Medien besonders anfällig. Man zollt uns Anerkennung, wenn wir uns anderen Menschen zuwenden und uns an starken Persönlichkeiten orientieren. Wir werden zu Passivität und Empfänglichkeit ermutigt; wir versuchen, durch andere herauszufinden, wer wir sind, wie wir zu sein haben und wie wir uns selbst beurteilen sollen. Zunächst nahmen wir uns an unseren Eltern ein Beispiel, dann an Gleichaltrigen, später an unseren Partnerinnen und Partnern und schließlich an den Medien – und deren Einfluß hatte den durchschlagendsten Erfolg.

Halten Sie einen Augenblick inne. Wie sieht Ihr weibliches Schönheitsideal eigentlich aus? Was für ein Bild sehen Sie vor sich? Wissen Sie, wo es herkommt? Wäre es Ihnen überhaupt möglich, diesem Ideal auch nur annähernd zu entsprechen?

Unsere Gesellschaft wurde von einem Schlankheitswahn ergriffen – Körperfülle gilt als Erzfeind schlechthin, und Diäten sind mittlerweile fester Bestandteil der Lebensgestaltung. Das war nicht immer so: Früher galten ein paar Fettpolster bei Frauen als zugleich überlebenswichtig und ästhetisch. Damals hatte man mit dünnen Frauen Mitleid. Wie kam es zu einem solchen Wertewandel?

Die Ursachen gehen zurück bis in die zwanziger Jahre dieses Jahrhunderts. Es war der Beginn der Emanzipation, als unkonventionelle junge Frauen ihre Forderung nach Gleichberechtigung mit Männern in Form eines neuen Mode- und Körperbewußtseins zum Ausdruck brachten. Weibliche Rundungen waren nicht mehr zeitgemäß. Ein großer Busen und ausladende Hüften galten als Hindernis auf dem Weg zur Gleichstellung der Frau; sie mußten beseitigt oder zumindest versteckt werden.

Auch die Medizin propagierte Schlankheit als Voraussetzung für Gesundheit und Wohlbefinden. Nach der Veröffentlichung einer umfassenden medizinischen Studie wurden die Richtwerte in den Gewichtstabellen 1959 nach unten korrigiert. Sozusagen über Nacht bekamen bislang Normalgewichtige fünf bis acht Kilo Übergewicht! Parallel zu dem daraus resultierenden nationalen Schlankheitswahn wurde in den Folgejahren eine gigantische Diät- und Fitneßindustrie aus dem Boden gestampft. Die moderne Frau beschäftigte sich fortan vor allem mit der Frage, wie sie jene fünf bis acht Kilo loswerden könnte.

Gewiß hat diese neue Gesundheitswelle auch ihre positiven Seiten: Viele Menschen legen heute Wert auf eine gesunde Ernährung und genügend Bewegung. Gleichzeitig lassen wir uns aber auch von dem Zwang tyrannisieren, um jeden Preis jung, schlank und fit sein zu müssen.

Während uns die Medien einerseits mit den vermeintlichen Vorzügen des Schlankseins bombardieren, führen sie uns im nächsten Augenblick mit verbotenen Häppchen in Versuchung. Wir stecken in einer veritablen Zwickmühle, denn was immer wir tun – es ist falsch. Ein anschauliches Beispiel für dieses Dilemma ist die Bulimikerin, die zunächst Unmengen von Essen in sich hineinschlingt und sich dann den Finger in den Hals steckt, um die Spuren ihrer Maßlosigkeit zu beseitigen. Bulimie ist eine raffinierte, wenn auch gefährliche und schmerzhafte Antwort auf ein unlösbares Problem. Ist es eigentlich verwunderlich, daß wir unseren Körper als Schlachtfeld mißbrauchen, auf dem unsere widersprüchlichen Bedürfnisse aufeinanderprallen?

Neuere Untersuchungen kommen zu anderen Ergebnissen als jene Studie aus dem Jahr 1959. Ihnen zufolge führen ein paar Pfunde mehr sogar zu einer höheren Lebenserwartung, weil sie das Immunsystem stärken und sich insgesamt förderlich auf die Gesundheit auswirken. Ob dicke Menschen nun gesünder leben oder nicht, bleibt dahingestellt. Der Jojo-Effekt allerdings, also die ständige Gewichtsab- und wieder -zunahme, ist mit Sicherheit gesundheitsschädlicher als gleichbleibendes Übergewicht.

Es ist höchste Zeit, daß wir einige Ansichten über Gewicht und Gesundheit in Frage stellen. Sie haben unsere Wertmaßstäbe geprägt und viele von uns veranlaßt, sich den Bedürfnissen unseres Körpers zu widersetzen. Wir müssen neu überlegen, wo die wirkliche Grenze zwischen Normal- und Übergewicht liegt. Bei den Gewichtstabellen ist man übrigens vor kurzem zu den vor 1959 geltenden Werten zurückgekehrt; damit wird eine gewisse Speckschicht zumindest medizinisch gebilligt. Wie lange es aber noch dauert, bis sich diese Erkenntnis in unserer vom Schlanksein besessenen Gesellschaft durchsetzt, bleibt abzuwarten.

Der Feminismus hat in den vergangenen zwanzig Jahren zu einem entscheidenden kulturellen Wertewandel beigetragen. Die Frauenbewegung hat uns beigebracht, auf das Versteckspiel zu verzichten: Wir machen uns sichtbar, treten selbstsicher auf und erweitern unseren Horizont. Manche Frauen empfinden diese neuen Chancen jedoch als zusätzlichen Druck, weil sie nur ungenügend auf sie vorbereitet wurden. Frauen führen ihre Stärken und Schwächen häufig auf körperliche Vorzüge beziehungsweise Makel zurück und machen somit ihr Äußeres für Erfolge und Niederlagen verantwortlich. Andere Frauen empfinden den Konkurrenzkampf mit dem »starken Geschlecht« als Bedrohung – sowohl für die Männer als auch für sie selbst. Frauen in Machtpositionen haben oftmals Angst davor, sich zu distanzieren und am Ende allein dazustehen. Meines Erachtens reagieren viele Frauen auf verinnerlichte Gebote (die auch von der Außenwelt sanktioniert werden), wonach ihnen in der Öffentlichkeit nur ein begrenzter Raum zusteht. Je einflußreicher der Posten einer Frau ist, desto eher verlangt die Gesellschaft, aber auch sie selbst, daß ihr Körper nach außen hin klein, unbedeutend und somit weniger bedrohlich wirkt.

Wir leben in einer Zeit, die von rasant wechselnden Rollenbildern sowie von widersprüchlichen und verwirrenden Erwartungen (»Das ist gesund / Das ist ungesund«, »Sei selbstsicher / Nimm dich zurück«) geprägt wird. Es ist daher nicht verwunderlich, wenn Frauen in ihrem Körper Kämpfe austragen, anstatt sich in ihm zu Hause zu fühlen. Auch der feministische Ansatz konnte diesen Konflikt, der Körper und Seele gleichermaßen betrifft, nicht lösen.

Wir müssen unsere Vergangenheit unter die Lupe nehmen, um ihren Einfluß auf uns zu verstehen. Wenn wir den Ballast, den wir immer noch mit uns herumschleppen, identifizieren und seine Ursprünge herausfinden, können wir ihn eher abwerfen und uns aktiv unserer Lebensgestaltung widmen.

7 Beschäftigen Sie sich mit Ihrer Herkunft!

Bei der Erziehung vermittelte uns unsere Herkunftsfamilie die vorherrschenden kulturellen Wertvorstellungen. Aber aufgrund individueller familiärer Gegebenheiten besitzt natürlich jede von uns ihre persönliche Lebensgeschichte. Die Erfahrungen in unserer Familie legten den Grundstein für die Wahrnehmung unserer eigenen Person: Wird uns bereits als Kind ein positives Selbstbild vermittelt, so sind wir auch für ähnliche Einflüsse von außen empfänglich. Das gleiche gilt umgekehrt: Erleben wir in der Familie vor allem Abwertung, so fallen negative Rückmeldungen bei uns auf besonders fruchtbaren Boden. Tendenziell verfügen wir über eine selektive Wahrnehmung: Was wir bereits über uns zu wissen glauben, wird uns anscheinend permanent bestätigt; abweichende Botschaften dagegen weisen wir unbewußt zurück.

In der folgenden Übung beschäftigen wir uns mit einem sensiblen Thema: Sie wird in Ihnen Erinnerungen an wichtige Menschen und Begebenheiten wachrufen, die für die Entwicklung Ihres Körperbildes ausschlaggebend waren.

Natürlich spielen Emotionen bei Ihrem Verhältnis zu Ihrem Körper eine entscheidende Rolle. Möglicherweise werden manche Erinnerungen für Sie daher schmerzhaft oder unangenehm sein. Schauen Sie trotzdem genau hin. Ihr Unterbewußtsein wird Sie nicht überfordern, sondern Ihnen nur solche Bilder anbieten, mit denen Sie auch umgehen können.

Vertrauen Sie sich selbst und Ihrem persönlichen Prozeß. Denken Sie daran, daß Sie all das, was heute durch Visualisierung an die Oberfläche dringt, bereits überlebt haben. Nun ist es an der Zeit, sich diesen Erinnerungen noch einmal zu stellen, um aus ihnen zu lernen und sie mit Hilfe all Ihrer Ressourcen zu verarbeiten. Falls es Ihnen zu irgendeinem Zeitpunkt zuviel wird, lassen Sie die inneren Bilder einfach los und öffnen die Augen. Kehren Sie zu Ihrer inneren Arbeit zurück, sobald Sie wieder dazu bereit sind.

Fürchten Sie sich nicht vor Ihren Gefühlen. Je mehr Emotionen Sie bei der Visualisierung zulassen, desto grundlegender werden die Veränderungen sein. Gefühle sind natürlich und wichtig. Sie zeigen Ihnen, welchen alten Ballast Sie allmählich abwerfen sollten.

In diesem und dem nächsten Kapitel beschäftigen wir uns ausgiebig mit der Vergangenheit, was nicht ohne Auswirkungen auf Ihren Alltag und möglicherweise auch Ihre Träume bleiben wird. Das ist ganz normal. Bei jedem Heilungsprozeß gelangen wir irgendwann an einen Punkt, an dem wir uns unserer Themen auf schmerzhafte Weise bewußt werden, ohne daß uns bereits das Werkzeug für die notwendigen Veränderungen zur Verfügung stünde. Gehen Sie behutsam und geduldig mit sich um und lassen Sie diesen wichtigen Bestandteil des Prozesses auf keinen Fall aus: Sie würden sich unter Umständen die Chance vergeben, Ihr Leben zu verändern. Und das wollen Sie doch – schließlich hätten Sie sonst nicht zu diesem Buch gegriffen.

Übung 8: Die Zeit zurückdrehen

1. Setzen Sie sich bequem hin, schließen Sie die Augen und entspannen Sie sich.
2. Stellen Sie sich vor, Sie gehen in der Zeit all die Jahre zurück, als würden Sie die Seiten im Familienalbum von hinten nach vorn zurückblättern. ... Sie werden immer jünger, bis Sie ein Baby sind. Machen Sie hier halt. ...

3. Wie alt sind Sie? Betrachten Sie Ihre Umgebung genauer. Sind Sie allein? Wenn nicht, wer ist bei Ihnen? Fühlen Sie sich geborgen oder verwundbar? Wie geht es Ihnen in diesem Babykörper? Nehmen Sie sich einen Augenblick Zeit, um die Welt einmal mit ganz jungen, unschuldigen Augen zu betrachten.
4. Nun schreitet die Zeit voran. Spüren Sie, wie Sie immer älter und größer werden und allmählich immer selbständiger. Bleiben Sie irgendwo in Ihrer Kindheit stehen. ...
5. Wie alt sind Sie? Betrachten Sie Ihren Kinderkörper. Wie fühlen Sie sich in und mit ihm? Was mögen Sie an ihm? Was nicht? Gehen Sie herum und spüren Sie Ihre Bewegungen, Ihre Energie. ... Wie empfinden Sie Ihren Platz in der Welt?
6. Nun schreitet die Zeit wieder voran, aber langsamer als zuvor. Achten Sie auf die Veränderungen in Ihrem Körper, während Sie langsam in die Pubertät kommen. Versuchen Sie, die einzelnen Stadien dieser Entwicklung tatsächlich zu spüren. ... Wie geht es Ihnen bei diesen Veränderungen? ... Bewegen Sie sich und achten Sie dabei auf Ihre Gefühle. ... Wie ist Ihnen in Ihrem pubertären Körper zumute? Wie empfinden Sie Ihren Platz in der Welt? ... Von welchem Teil Ihrer Kindheit müssen Sie sich nun allmählich verabschieden? Mit welchem Teil des Erwachsenwerdens gilt es sich anzufreunden?
7. Wieder schreitet die Zeit voran. Spüren Sie, wie Sie die Pubertät hinter sich lassen und sich allmählich Ihrem derzeitigen Äußeren nähern. Nehmen Sie sich für diesen Prozeß genug Zeit und achten Sie dabei auf jede noch so geringe körperliche Veränderung. Was lassen Sie zurück, was nehmen Sie mit in Ihr Erwachsenenleben? ... Nehmen Sie jede eventuelle neue Einstellung gegenüber Ihrem Äußeren wahr, während Sie sich schrittweise auf Ihren heutigen Körper zubewegen.
8. Ruhen Sie sich aus. Wie fühlt es sich an, nach dieser Reise durch die Jahre wieder in Ihrem jetzigen Körper zu sein? Öffnen Sie die Augen, sobald Sie dazu bereit sind.

Arbeitsblatt

1. Beschreiben Sie Ihre Erfahrungen als Baby in der Gegenwartsform, so als führten Sie die Übung in diesem Augenblick durch.
2. Beschreiben Sie Ihre Erfahrungen als Kind in der Gegenwartsform, so als führten Sie die Übung in diesem Augenblick durch.
3. Beschreiben Sie Ihre Entwicklung vom Kindes- zum Jugendalter. Wie haben Sie sich gefühlt? Worauf mußten Sie verzichten? Was haben Sie hinzugewonnen?
4. Beschreiben Sie Ihre Erfahrungen als Jugendliche in der Gegenwartsform, so als führten Sie die Übung in diesem Augenblick durch.
5. Welche Veränderungen an Ihrem Körper und Ihrem Körperbild haben Sie seit Ihrer Pubertät erlebt?
6. Wissen Sie, seit wann Sie Ihren Körper mit defizitärem Blick betrachten? Beschreiben Sie die näheren Umstände, die zu diesem Wandel geführt haben.
7. Was haben Sie bei dieser Übung Wichtiges gelernt?
8. Hatten Sie Probleme bei dieser Übung? Notieren Sie sie.
9. Anmerkungen.

Zum Nach- und Weiterdenken

Indem wir die Zeit bewußt anhalten, haben wir die Möglichkeit, unseren Entwicklungsprozeß intensiv zu beobachten: Wir erkennen, wann welche Veränderungen in unserer Selbstwahrnehmung eintraten. Diese Wendepunkte liefern uns häufig aufschlußreiche Informationen. Was war geschehen? Warum empfanden wir unseren Körper plötzlich als Gefängnis und nicht mehr als Zuhause? Je sorgfältiger wir uns die Verletzungen ansehen, desto genauer können wir den Heilungsprozeß steuern.

Für manche von uns hat das Dilemma schon früh angefangen. Vielleicht erinnern Sie sich gar nicht daran, sich überhaupt jemals in Ihrem Körper wohl gefühlt zu haben. In manchen Familien wird das natürliche Bedürfnis nach Nähe sträflich vernachlässigt. Dabei ist Körperkontakt gerade in den ersten Lebensjahren immens wichtig, weil er uns ein grundlegendes Gefühl der Geborgenheit vermittelt. Durch die Art der Berührung spürt das Kind, ob es geliebt wird oder seine Bezugspersonen lediglich einer lästigen Pflicht nachkommen - es erfährt Wertschätzung oder Abwertung. Das Kleinkind nimmt diese Botschaft zwar in sich auf, ist zu deren Beurteilung aber noch gar nicht in der Lage. Diese ersten Erfahrungen prägen unsere Grundeinstellung zu uns und unserem Leben.

Die meisten von uns erlebten in den Jahren vor und während der Pubertät plötzlich einen Bruch in ihrem Verhältnis zu ihrem Äußeren. In dieser Zeit kommen sich die meisten Jugendlichen in ihrem Körper seltsam vor und vergleichen sich ständig mit Gleichaltrigen. Gerade in diesem Alter ist nichts wichtiger als das Zugehörigkeitsgefühl. Passe ich zu den anderen? Strahle ich sexuelle Anziehungskraft aus? Wie soll ich mit meinen sexuellen Gefühlen umgehen? Mögen die anderen mich? Bin ich eigentlich in Ordnung?

Die rasanten körperlichen Veränderungen in dieser Zeit sind stressig und führen häufig zu einer Beeinträchtigung des Körpergefühls, selbst wenn wir ausschließlich positiven äußeren Einflüssen ausgesetzt sind (ein Ding der Unmöglichkeit natürlich). Viele von uns leiden unter dem Verlust des Vaters, der sich zurückzieht, weil ihm unsere sich entwickelnde Sexualität unheimlich ist. Andere junge Frauen mußten schon erleben, daß ihre Väter und andere Männer sie körperlich bedrängten. Möglicherweise empfinden unsere Mütter uns plötzlich als Rivalinnen oder als Spiegelbild beziehungsweise Fortführung ihrer selbst, was mindestens ebenso verhängnisvoll ist. Der Konflikt mit dem Erwachsenwerden drückt sich bei vielen jungen Mädchen in einer beträchtlichen Gewichtszunahme aus; andere stürzen sich in Diäten und werden magersüchtig. Beide Ansätze sind ein Versuch, die verräterischen Anzeichen von Weiblichkeit zu verstecken.

Was wir in der Pubertät über uns und unseren Körper lernen, setzt sich in unserem Körperbild oftmals dauerhaft fest.

Überlegen Sie, ob das auch bei Ihnen der Fall war. Wenn ja, inwiefern?

Übung 9: Familienbilder

Lassen Sie bei dieser Übung alle spontanen Eingebungen und Bilder zu und greifen Sie so wenig wie möglich auf Ihr bisheriges Wissen über Ihre Familie zurück. Die Fragenkomplexe innerhalb der Übung sollen Ihrem Gedächtnis auf die Sprünge helfen.

1. Setzen Sie sich bequem hin, schließen Sie die Augen, und entspannen Sie sich.
2. Gehen Sie in Ihrer Vorstellung viele Jahre zurück in eine Zeit, die Sie als Kind oder Jugendliche entscheidend geprägt hat. Stellen Sie sich ein großes Familientreffen vor (das vielleicht wirklich stattgefunden hat). Beziehen Sie alle Verwandten ein, die Ihnen damals viel bedeuteten.
3. Nun stellen sich alle – auch Sie – zum gemeinsamen Familienfoto auf. ... Wer ist anwesend? ... Wer fehlt? ... Wo stehen Sie, und wer steht neben Ihnen? ... Wie alt sind Sie?
4. Stellen Sie sich vor, Sie treten aus dem Bild heraus, lassen Ihren Körper aber dort an Ort und Stelle zurück.
5. Ist die Körperhaltung der einzelnen Anwesenden charakteristisch? Welche positiven und negativen Botschaften vermittelt sie? ...

Arbeitsblatt

1. Wer befindet sich auf Ihrem Foto, und wie alt waren Sie damals?
2. Wie lauteten die nonverbalen Botschaften, die Ihre Ver-

wandten durch ihre Körperhaltung an ihre Umgebung und an Sie weitergaben?
3. Welche Einstellung zu Ihrem Körper wurde Ihnen von Ihren Rollenvorbildern vermittelt?

6. Kehren Sie zu Ihrem inneren Bild zurück. Fassen Sie nun alle Jungen und Männer zu einer Gruppe zusammen. Sehen sie gut aus? Wodurch kommt ihre Männlichkeit zum Ausdruck? Wie scheinen sie zu ihrem Körper und ihrer Sexualität zu stehen? ... Gehen Sie zu ihnen. Wie fühlen Sie sich in ihrer Gegenwart? ... Welche Ansichten über Frauen und Weiblichkeit haben Ihre männlichen Verwandten Ihnen vermittelt?

Arbeitsblatt

1. Welche Einstellung zur Männlichkeit haben Sie durch die Männer in Ihrer Familie mitbekommen?
2. Was haben Sie durch das Zusammensein mit Ihren männlichen Verwandten über Weiblichkeit erfahren?

7. Kehren Sie zu Ihrem inneren Familienbild zurück. Fassen Sie nun alle Mädchen und Frauen zu einer Gruppe zusammen und beziehen Sie sich selbst mit ein. ... Welche Gefühle nehmen Sie wahr, wenn Sie die Körper der anderen betrachten? ... Achten Sie auf ihre unterschiedliche Figur. ... Wie halten sich die einzelnen Frauen, wie kleiden Sie sich? ... Wie bewerten Sie Ihr Äußeres im Vergleich? ... Wie scheinen sich Ihre weiblichen Verwandten in ihrem Körper zu fühlen? ... Haben sie Sie gelehrt, den eigenen Körper wertzuschätzen und für ihn Sorge zu tragen?
8. Wie fühlen sich Ihre weiblichen Familienangehörigen mit ihrer Weiblichkeit? ... Was vermitteln sie Ihnen über die Rolle der Frau? ... Wie stehen sie dem Anschein nach zu ihrer eigenen Sexualität? ... Zeigen sie sie? ... Oder verstecken sie sie? ...

Arbeitsblatt

1. Was ist für die Frauen in Ihrer Familie als Gruppe charakteristisch? Berücksichtigen Sie ihr Äußeres und ihr Auftreten. Scheinen sie sich in ihrem Körper wohl zu fühlen?
2. Begegnen sie Ihrer Ansicht nach dem eigenen Körper mit Wertschätzung? Sorgen sie gut für ihn?
3. Was haben Sie von Ihren weiblichen Verwandten über deren Sexualität gelernt?
4. Welches Gefühl für Ihren Körper haben diese Frauen Ihnen vermittelt?
5. Welche Frauen waren für Sie wichtige Rollenvorbilder?

9. Kehren Sie zu Ihrem inneren Bild zurück. Versammeln Sie Ihre ganze Familie an einem Ort. Welche Gefühle nehmen Sie beim Betrachten der einzelnen Personen wahr? ...

Arbeitsblatt

1. Was fühlen Sie beim Anblick Ihrer Familie als Gruppe? ...
2. Inwieweit hat Ihre Familie Ihr Körperbild geprägt?
3. Was davon möchten Sie behalten? Was nicht?
4. Welches Rollenvorbild hätten Sie in Ihrer Familie gebraucht, um ein positives Körperbild zu entwickeln?
5. Anmerkungen.

Zum Nach- und Weiterdenken

Kindheit und Jugend sind für die Entwicklung unserer Persönlichkeit entscheidende Jahre. Unser Körperbild wird daher maßgeblich durch die Herkunftsfamilie geprägt. Was unsere Angehörigen vorleben, dient uns als Basis. Wenn unsere Eltern oder andere wichtige Bezugspersonen ihren eigenen Körper abwerten, übertragen wir dieses Negativurteil auch auf uns selbst.

Dies kann auf eine sehr versteckte, ja geradezu heimtückische Weise geschehen, da wir über Körpersprache und Verhalten bestimmte nonverbale Botschaften empfangen und allmählich ganz unbewußt die Sichtweise unserer Familie übernehmen.

Mit Hilfe der Übung *Familienbilder* erfahren Sie einiges über Ihre Rollenvorbilder und deren Standpunkte, die Sie mit der Zeit in Ihrem Körperbild verinnerlichten. Aufschlußreich ist auch das Durchblättern alter Familienalben. Was lernen Sie allein aus der Körpersprache, also aus Haltung, Gesichtsausdruck, Kleidung und der Tatsache, wer neben wem steht? Machen Sie diese Übung doch bei Gelegenheit auch einmal tatsächlich mit Ihrer Familie. Völlig unabsichtlich werden Ihre Verwandten Ihnen eine Fülle von Informationen liefern!

Als Joan ihre eigene Familie betrachtete, erkannte sie

»Menschen ohne Körper, völlig regungslose Gesichter. Meine Angehörigen berühren einander nicht. Sie wirken kalt, vollkommen leblos. Oberstes Familiengebot scheint das Ignorieren des Körpers zu sein. Sie haben mir nichts beigebracht – außer meinen Körper zu mißachten. Ich habe von klein auf gelernt, meine Sexualität zu unterdrücken, sie nicht als Teil von mir zu betrachten.«

Die Frauen in Donnas Familie hatten allesamt Übergewicht und schienen sich für ihre Figur zu schämen.

»Weiblichkeit und Sexualität wurden geradezu versteckt, als sei es nicht in Ordnung, eine Frau zu sein. Sie vermittelten mir schon früh, daß ich aufpassen müsse, um keine Gewichtsprobleme zu bekommen. Mein Körper mußte also entweder versteckt oder durch Diät kontrolliert werden. Nur wenn ich krank war, durfte ich meinem Körper Aufmerksamkeit schenken, ansonsten spielte er keine Rolle.«

Ihr ganzes Leben lang kämpft Donna schon mit kleineren gesundheitlichen Problemen: Nur in diesen Zeiten gestattet sie sich die Zuwendung zu ihrem Körper. Ihr zweites Prinzip ist das der Gewichtszunahme. Sie hat panische Angst davor, zu dick zu werden, und war schon mehrmals in ihrem Leben magersüchtig beziehungsweise übergewichtig. Ihr Selbsthaß konzentriert sich auf die Körperregionen, die für ihre Weiblichkeit stehen - Brust, Hüfte, Po und Oberschenkel.

Übung 10: Elternbilder

Führen Sie diese Visualisierung mindestens zweimal durch, einmal für Ihre Mutter und einmal für Ihren Vater. Falls noch andere Bezugspersonen in Ihrer Kindheit wichtig für Sie waren, sollten Sie sich ebenfalls mit ihnen auseinandersetzen.

Teil 1

1. Setzen Sie sich bequem hin, schließen Sie die Augen und entspannen Sie sich.
2. Gehen Sie innerlich in Ihre Kindheit oder frühe Jugendzeit zurück. Stellen Sie sich eine vertraute Situation mit Ihrer Mutter beziehungsweise Ihrem Vater vor. ... Wie alt sind Sie? Was tun Sie gerade? ...
3. Betrachten Sie Ihre Mutter beziehungsweise Ihren Vater. Wie fühlen Sie sich dabei? ... Welche Gefühle oder Assoziationen löst dieses Bild in Ihnen aus? ...
4. Schauen Sie sich Ihr inneres Bild genau an. Achten Sie auf sämtliche Details von Gesicht, Körper, Mimik, Gestik, Körperhaltung, Kleidung und äußerer Erscheinung. ...
5. Gibt es nonverbale Anhaltspunkte, die Ihnen etwas über die Haltung dieses Menschen zu seinem Körper beziehungsweise seiner Sexualität mitteilen?
6. Was mögen Sie an diesem Körper? Was nicht? ... Welche Bilder stellen sich bei Ihnen ein? ... Sieht Ihr eigener Körper ähnlich aus oder anders? Beschreiben Sie Übereinstimmungen und Unterschiede.
7. Stellen Sie sich vor, daß Sie mit diesem Körper verschmelzen und sich dann wieder von ihm lösen. ... Welcher Vorgang fiel Ihnen leichter? ...

8. Treten Sie näher an Ihre Mutter beziehungsweise Ihren Vater heran. Wie geht es Ihnen mit Ihrem Körper in ihrer beziehungsweise seiner Gegenwart? Wie fühlen Sie sich als Person? Werden Sie von diesem Elternteil akzeptiert?
9. Fragen Sie Ihre Mutter beziehungsweise Ihren Vater, ob sie beziehungsweise er Sie und Ihren Körper mag. ... Was fehlt Ihnen in der Antwort?
10. Was brauchen Sie in diesem Augenblick von Ihrer Mutter beziehungsweise Ihrem Vater? Können Sie darum bitten? ... Wie lautet die Antwort?
11. Strecken Sie die Hand nach Ihrer Mutter beziehungsweise Ihrem Vater aus. ... Wie fühlen Sie sich dabei? ... Wie reagiert sie beziehungsweise er? ... Werden auch Sie berührt? Was vermittelt Ihnen diese Reaktion über Ihren Körper und Ihre Persönlichkeit? ...
12. Was möchten Sie Ihrer Mutter beziehungsweise Ihrem Vater jetzt mitteilen? Lassen Sie sich genug Zeit, um genau die Worte zu finden, die Ihren Gefühlen entsprechen.
13. Sehen Sie Ihrer Mutter beziehungsweise Ihrem Vater in die Augen und sagen Sie, was Ihnen am Herzen liegt.

Arbeitsblatt

1. Beschreiben Sie Ihre Erfahrungen mit Ihrer Mutter beziehungsweise Ihrem Vater in der Gegenwartsform. Achten Sie dabei auf möglichst viele Details.
2. Inwiefern war Ihre Mutter beziehungsweise Ihr Vater für Sie ein Leitbild? Welche der Aspekte, die sie beziehungsweise er Ihnen vermittelte, möchten Sie sich bewahren? Welche wollen Sie loslassen?
3. Beschreiben Sie ihr beziehungsweise sein Verhalten Ihnen gegenüber.
4. Was möchten Sie Ihrer Mutter beziehungsweise Ihrem Vater gern mitteilen (Vergangenes oder Aktuelles)? Wären Sie zu einem solchen Gespräch tatsächlich bereit?

5. Was bewerten Sie bei diesem Kontakt mit Ihrem Elternteil positiv?
6. Nehmen Sie sich einen Augenblick Zeit. Überlegen Sie, was das Kind in Ihnen von diesem Elternteil gebraucht hätte, um ein besseres Körperbild aufzubauen. Bilden Sie aus den Antworten zu dieser und der vorherigen Frage ein positives Elternbild. Berücksichtigen Sie dabei folgende Aspekte:
- Wie hätte die Zuwendung aussehen müssen (Körperkontakt, Liebe, Unterstützung und Bestätigung)?
- Wie hätte Ihre Mutter beziehungsweise Ihr Vater die Liebe zu Ihnen ausdrücken sollen? Mit Worten, durch Berührungen, durch ihr beziehungsweise sein Verhalten?
- Wie hätte Ihre Mutter beziehungsweise Ihr Vater mit Ihren Aggressionen und Ihrer Sexualität umgehen sollen?
- Wie hätte Ihre Mutter beziehungsweise Ihr Vater auf Ihr Bedürfnis nach Nähe und Zuwendung reagieren sollen, ohne dadurch Ihre Eigenständigkeit zu untergraben?
- In welcher Hinsicht hätte Ihre Mutter beziehungsweise Ihr Vater Ihnen ein Vorbild sein sollen?
7. Was bewerten Sie bei diesem Kontakt mit Ihrem Elternteil negativ? Bilden Sie aus dieser Antwort ein negatives Elternbild. Damit werden Sie in Teil 2 arbeiten.
8. Anmerkungen.

Teil 2

1. Setzen Sie sich bequem hin, schließen Sie die Augen und entspannen Sie sich.
2. Stellen Sie sich vor, Sie stehen mitten in einem Raum. Links vor Ihnen befindet sich Ihr negatives, rechts vor Ihnen Ihr positives Elternbild.
3. Wenden Sie sich nun Ihrem positiven Elternbild zu. Wie empfänglich sind Sie für die positiven Energien, die von Ihrer Mutter beziehungsweise Ihrem Vater ausgehen? ... Öffnen Sie sich so weit wie möglich und lassen Sie all die Zustimmung, Zunei-

gung und Unterstützung auf sich einströmen. Kosten Sie diese Liebe so richtig aus. ...

4. Achten Sie darauf, welche Gefühle Sie an sich herankommen lassen. ... Welche wehren Sie ab? ... Wie schützen Sie sich?
5. Nehmen Sie Ihren Widerstand einmal genau unter die Lupe: Welches Risiko würden Sie eingehen, wenn Sie diese Gefühle zuließen? Was könnten Sie möglicherweise verlieren?
6. Wenden Sie sich nun Ihrem negativen Elternbild zu. Drücken Sie all Ihre Gefühle aus, die Sie gegenüber Ihrer Mutter beziehungsweise Ihrem Vater empfinden und die eventuell zu Ihrem Widerstand beitragen.
7. Widmen Sie sich noch einmal Ihrem positiven Elternbild und wiederholen Sie die Schritte 3 und 4.
8. Bewegen Sie sich zwischen diesen beiden Elternbildern so lange hin und her, bis Sie die positiven Einflüsse zulassen oder zumindest klar erkennen, was Sie an Ihrem negativen Elternbild noch verändern müssen. Sehen Sie Möglichkeiten, wie Sie sich selbst stärker öffnen können? Lassen Sie sich für diese Übung genug Zeit.

Arbeitsblatt

1. Was hindert Sie daran, positive Gefühle und Energien aus Ihrem positiven Elternbild zuzulassen?
2. Welche imaginäre oder reale Auseinandersetzung mit Ihren Eltern ist nötig, damit Sie ein besseres Verhältnis zu Ihrem Körper bekommen?
3. Anmerkungen.

Zum Nach- und Weiterdenken

Kinder identifizieren sich immer mit ihren Eltern. Für Mädchen ist die Verbindung zur Mutter am intensivsten. Vielen wurden Phrasen eingeprägt wie: »Wenn du groß bist, siehst du aus wie deine Mama!« Daher ist es vielen Frauen praktisch unmöglich, sich als eigenständige und von der Mutter unabhängige Persönlichkeit wahrzunehmen. Das gilt auch für Eve. Sie ist zwar schlank, erlebt sich selbst durch ihre dicke Mutter jedoch als übergewichtig.

»Ich liege am Strand neben meiner Mutter. Wir lesen beide. Ich bin sechzehn und trage einen Bikini. Ich ärgere mich, weil sie ebenfalls einen anhat. Eigentlich bin ich mehr als ärgerlich, ich bin wütend auf sie und schäme mich, weil sie so fett ist. Ich habe Angst, daß das auf mich abfärbt. Sie scheint sich nichts aus ihrer Figur zu machen. Ich dagegen bin besorgt, ob ich bald auch so aussehen werde. Das war damals ein zentrales Thema für mich und ist es eigentlich immer noch.«

Zuweilen besteht die – positive oder negative – Identifikation nicht direkt mit dem Körper der Mutter, sondern mit entsprechenden Assoziationen. Durch die Übungen mit Eltern- und Familienbildern kam Joanne zu einigen überraschenden Erkenntnissen. Sie setzte sich innerlich zunächst mit ihrer Mutter auseinander und dann mit ihrer Großmutter, bei der sie aufwuchs. Ihre Erinnerungen an ihre dicke Mutter waren von Liebe und Wärme geprägt und kreisten alle ums Essen; Joanne setzte Liebe dann irgendwann mit Korpulenz gleich. In der Beziehung zur Großmutter dagegen, einer hageren Frau, hatten emotionale Wärme und Körperkontakt keinen Platz.

»Sie hat mich niemals akzeptiert. Sie war streng und kritisierte mich ständig. Ihr Körper wirkte diszipliniert und strahlte alles andere aus als Lebenslust. Ich hasse jegliche Disziplin. In bezug auf meinen Körper bin ich oft äußerst undiszipliniert. Ihr Körper war das genaue Gegenteil. ... Ich lehnte mich gegen meine Großmutter auf nach dem Motto: ›Führ Du doch Dein diszipliniertes Leben, ich dagegen liebe die Maßlosigkeit!‹ Genau in dieses Schema paßt meine Ernährungsweise. Ich esse nicht gern bei meiner Großmutter, denn wenn ich um einen Nachschlag bitte, nennt sie mich ›Vielfraß‹. Also nehme ich mir heimlich immer etwas mit, schäme mich aber dafür und komme mir vor wie eine Heuchlerin.«

Joannes Körper spiegelt ihre widersprüchlichen inneren Bilder wider: Sie litt abwechselnd unter Magersucht, Bulimie und Übergewicht.

Manche Mütter sehen in ihren Töchtern eine Fortführung oder ein Spiegelbild ihrer selbst und sind auf ihre körperliche Entwicklung geradezu fixiert. Die Mutter nimmt entscheidenden Einfluß auf Eßgewohnheiten, Kleidung und Verhalten ihrer Tochter – nur unter großen Anstrengungen kann diese dann für ihren eigenen Körper Verantwortung übernehmen und eine eigenständige, von der Mutter unabhängige Identität entwickeln.

Mit Herannahen der Pubertät kann die Konkurrenz mit der Mutter und anderen vertrauten weiblichen Vorbildern unser Körperbild beeinflussen. Julias Mutter hielt sich auf einmal für nicht mehr attraktiv und empfand ihre Tochter unbewußt als Bedrohung; infolgedessen vermittelte sie Julia ein Gefühl der Unzulänglichkeit in bezug auf ihr Wesen und ihren Körper. Bea kämpfte vor allem mit ihrer Zwillingsschwester um die Aufmerksamkeit ihrer Eltern: Während Bea als die Klügere der zweieiigen Zwillinge galt, zog ihre Schwester durch ihr blendendes Aussehen sämtliche Blicke auf sich; Bea dagegen war im Hinblick auf ihr Äußeres unsicher und hielt zäh an ihrer Überzeugung fest, sie sei farblos und stünde stets an zweiter Stelle.

Unsere Väter spielen für uns als Rollenvorbilder eine weniger entscheidende Rolle. In ihrer Funktion als die ersten wichtigen Männer in unserem Leben haben aber auch sie einen Einfluß auf unsere Haltung zu unserer Weiblichkeit. In der Pubertät finden häufig einschneidende Veränderungen in der Beziehung zwischen Vater und Tochter statt. Virginias Vater beispielsweise hatte Schwierigkeiten damit, daß sein Kind allmählich zur Frau wurde, und zog sich von ihr zurück.

»Ich war immer Papas Liebling gewesen. Wir standen uns sehr nahe, aber als ich heranwuchs, wurde er im Umgang mit mir einfach unsicher und entfernte sich von mir. Ich war über diesen Ver-

lust sehr traurig und tröstete mich durch Essen. Daß ich Angst vor dem Erwachsenwerden hatte, war vielleicht ein Grund dafür, warum meine Periode so spät einsetzte.«

Sexueller Mißbrauch ist die andere extreme Reaktion auf die sich entfaltende Weiblichkeit der Tochter; solche demütigenden Erfahrungen hinterlassen in uns immer auch ein Gefühl der Scham. Die Lehre, die wir aus beiden väterlichen Verhaltensweisen – Rückzug oder Grenzüberschreitung – ziehen, lautet: Wir dürfen auf unsere Schönheit und Sexualität nicht stolz sein.

Meist verinnerlichen wir das Verhalten unserer Eltern und begegnen uns mit einer ähnlichen Grundhaltung (positiv, kritisch, überbesorgt oder nachlässig). Wenn Sie sich Ihr kritisches Eltern-Ich zu eigen machen, üben Sie weiterhin pausenlos Selbstkritik.

Hoffentlich haben Sie über die Ursachen Ihrer problematischen Beziehung zu Ihrem Körper Neues in Erfahrung gebracht und wissen nun, was in Ihrem Verhältnis zu Ihren Eltern fehlte oder nicht stimmte. Nehmen Sie diese Ergebnisse aber nicht als Anlaß für eine Kriegserklärung. Die Beschuldigung Ihrer Eltern allein bringt Sie keinen Schritt weiter: Veränderung ist nur möglich, wenn Sie die Gründe für Ihr eigenes Verhalten zu verstehen versuchen.

Die Übung Elternbilder läßt sich auch auf Ihre derzeitige Beziehung zu Ihren Eltern übertragen. Suchen Sie sich dazu für den zweiten Schritt in Teil 1 einfach einen aktuellen Zusammenhang aus. Vielleicht wollen Sie Ihre Eltern ja auch wirklich einmal auf diese Weise damit konfrontieren.

Vermutlich möchten Sie vor allem herausfinden, welche Aspekte Ihres Körperbildes Sie behalten und welche Sie loswerden wollen. Erst dann sind Sie imstande, sich selbst und Ihrer Umwelt Ihr eigentliches, von Ihren Eltern unabhängiges Ich zu präsentieren.

Für unsere Ziele als Erwachsene lassen sich übrigens neue Rollenvorbilder finden. Dank unserer Vorstellungskraft können wir uns selbst mit den notwendigen Streicheleinheiten versorgen, auf die wir in unserer Herkunftsfamilie verzichten mußten. Hierzu bietet sich eine wiederkehrende Meditation an, die auf dem Kontakt zu Ihrem positiven Elternbild beruht; mit ihrer Hilfe können Sie alte Wunden heilen und fehlende Mosaiksteine einsetzen. Darüber hinaus macht sie Sie für positive Rückmeldungen generell empfänglicher.

8 Wer hat Ihr Körperbild geprägt?

Dieses und das folgende Kapitel stellen eine Übergangsphase dar, in der drei verschiedene Methoden zur Anwendung kommen:

1. Sie erkennen den überflüssigen Ballast, den Sie mit sich herumtragen.
2. Sie sehen die Hindernisse, die Ihnen den Weg versperren.
3. Sie werfen den Ballast ab.

Zu überflüssigem Ballast gehören Kenntnisse, Überzeugungen und Gefühle, die nicht wirklich zu Ihnen gehören oder Ihnen nicht mehr guttun. Im Falle Ihres Körperbildes verstehen wir darunter sämtliche Informationen oder Rückmeldungen aus Ihrem Kulturkreis, von Ihrer Familie und anderen Menschen, die Sie unkritisch übernommen haben. Frauen werden von klein auf so sozialisiert, daß sie sich auf andere beziehen. Dadurch machen wir uns allzu leicht die Haltungen anderer Menschen zu eigen, die uns jedoch nicht immer weiterbringen und uns manchmal sogar gefährlich werden.

Leitfrage

Schreiben Sie alle Menschen auf, die die Entwicklung Ihres Körperbildes maßgeblich beeinflußt haben, und zwar sowohl aus Ihrem früheren als auch aus Ihrem heutigen Umfeld.

Übung 11: Imaginärer Besuch

1. Setzen Sie sich bequem hin, schließen Sie die Augen und entspannen Sie sich.

2. Widmen Sie sich ein paar Minuten einer aktuellen Bestandsaufnahme: Wie sehen Sie sich, wie fühlen Sie sich in und mit Ihrem Körper, wie urteilen Sie über ihn in diesem Augenblick? ...

3. Führen Sie die folgenden Schritte nacheinander mit jeder Person auf Ihrer Liste durch. Lassen Sie sich jeweils genug Zeit, um an die benötigten Informationen zu kommen.
   - Stellen Sie sich vor, Sie stehen nackt in Ihrem Zimmer.
   - Nun kommt die von Ihnen bestimmte Person herein, geht um Sie herum und betrachtet Sie von allen Seiten.
   - Welche Gefühle nehmen Sie wahr?
   - Was fällt diesem Menschen wohl an Ihrem Körper auf, was geht Ihrer Meinung nach in seinem Kopf vor?
   - Bitten Sie ihn, Ihnen zu sagen, was er sieht.
   - Konzentrieren Sie sich wieder auf Ihr Körperbild. Inwieweit wurde es durch Ihren Gast beeinflußt – sowohl in dieser Übung als auch in Ihrer tatsächlichen Entwicklung?
   - Vielleicht möchten Sie diesem Menschen jetzt gern etwas mitteilen. Lassen Sie beim Sprechen ruhig Ihre Gefühle zu.
   - Machen Sie hier einen Augenblick Pause. Welche Teile Ihres Körperbildes, die Sie von diesem Menschen übernommen haben, möchten Sie loswerden? Schreiben Sie sie auf.

4. Betrachten Sie nun Ihren gesamten Körper mit Ihrem inneren Auge. Welche Ihrer Wahrnehmungen wurden durch andere Menschen geprägt? ... Gleichen Sie jedes Negativurteil, das Sie einst unkritisch übernommen haben, durch zwei positive Meinungen zu diesem Körperteil aus. ... Lassen Sie sich dafür genug Zeit.

5. Nehmen Sie nun Ihre Liste des überflüssigen Ballasts unter die Lupe. Stellen Sie sich vor, daß Sie jeden einzelnen Punkt genauestens prüfen und ihn sozusagen »durchkauen«: Nehmen Sie ihn in den Mund. Wie schmeckt er? ... Wollen Sie ihn hinun-

terschlucken und ihn sich zu eigen machen? Oder spucken Sie ihn lieber aus? ... Stellen Sie sich im Detail vor, wie Sie das eine oder das andere tun. Sie sind sich völlig im klaren darüber, was Sie behalten und was Sie loswerden wollen. ... Lassen Sie sich für diesen Schritt genug Zeit.

Arbeitsblatt

1. Halten Sie sich die positiven Rückmeldungen, die Sie in Ihrem Leben bekommen haben, vor Augen. Wie viele von ihnen lassen Sie wirklich an sich herankommen? Wie äußert sich Ihr Widerstand und woher kommt er?
2. Haben Sie versucht, sich zu ändern, um die Erwartungen anderer Menschen zu erfüllen?
3. Welche Bestandteile Ihres überflüssigen Ballasts können Sie ohne weiteres loslassen?
4. Von welchen trennen Sie sich nur mit Schwierigkeiten?
5. Welches Risiko befürchten Sie dabei?
6. Anmerkungen.

Zum Nach- und Weiterdenken

Möglicherweise zeichnen sich allmählich die Gründe ab, warum Sie Ihren Körper seit langem in einem bestimmten Licht sehen und sich entsprechend in ihm fühlen. Setzen Sie sich konkret mit jedem einzelnen Werturteil auseinander: Sie haben die Wahl, ob Sie es übernehmen wollen oder nicht.

Sharon hatte beispielsweise ihre Mutter zu Besuch:

»Sie ließ sich sofort über meinen gesamten Körper aus. Ihre Ansichten sind mir sehr vertraut und haben einen enormen Einfluß auf mich: ›Ich bin einfach nicht gut genug.‹ ... Die Meinungen meiner Mutter haben in mir Wurzeln geschlagen. Sie hindern mich daran, meine eigene Sexualität zu genießen.«

Brenda ließ bei der Übung ihre Tante ins Zimmer und stellte fest, daß sie das extravagante, leidenschaftliche und körperorientierte Wesen ihrer Tante mit Flatterhaftigkeit und Leiden gleichsetzte. Ihre Mutter dagegen war zurückhaltend, diszipliniert und hatte keinen rechten Zugang zu ihrem Körper. ... »Vielleicht habe ich Angst, daß ich so unbeständig und leichtsinnig werde wie meine Tante, sobald ich mich intensiver mit meinem Körper beschäftige.«

Wir alle sind mit anderen Menschen über positive und negative Gefühle verbunden; meist handelt es sich um eine Mischung aus beiden Extremen. Natürlich vergessen wir nicht so leicht, wenn uns jemand verletzt hat, aber mit der Zeit werden diese negativen Empfindungen zu Ballast, der uns keineswegs guttut.

Wir können zwar nicht sämtliche auf uns einwirkenden Einflüsse kontrollieren, wohl aber unser Verhalten. Wir haben die Wahl, ob wir unsere Wunden lecken und uns fortwährend in Selbstmitleid ergehen wollen, oder ob wir die Verletzungen hinter uns lassen und unser Leben in die Hand nehmen.

Leitfragen

1. Wer hat Ihrem Körperbild in den zurückliegenden Jahren einen negativen Stempel aufgedrückt (zum Beispiel Ihre Mutter oder die schlanke, stets adrette Tante Josefine oder die Jungen in der 8. Klasse und so weiter)?
2. Schreiben Sie alle Namen auf und fangen Sie mit der Person an, die Ihnen den größten Schaden zugefügt hat.

Übung 12: Eisenketten

1. Setzen Sie sich bequem hin, schließen Sie die Augen und entspannen Sie sich.
2. Stellen Sie sich vor, Sie sitzen an einem ruhigen, sonnigen Fleckchen, entweder draußen oder in einem sonnendurchflute-

ten Zimmer. ... Spüren Sie die warmen Sonnenstrahlen auf der Haut. ...

3. Nun bitten Sie all jene Menschen zu sich, deren Einfluß Sie den Blick für Ihre eigene Schönheit verlieren ließ. Beobachten Sie sie beim Hereinkommen. Jeder von ihnen hat eine schwere Eisenkette bei sich. Fordern Sie sie auf, sich zu einem Kreis zusammenzusetzen, und begeben Sie sich in die Mitte.
4. Was fühlen Sie, wenn Sie all diese Menschen um sich herum betrachten? ...
5. Gehen Sie in der Reihenfolge Ihrer Liste vor und widmen Sie sich nacheinander jeder einzelnen Person.
6. Nun steht die von Ihnen gewählte Person auf und kommt auf Sie zu. Legen Sie sich das eine Ende der Eisenkette um den Körper. Nehmen Sie zur Kenntnis, daß diese Handlung von Ihnen ausgeht, daß Sie diese Person an sich ketten. Die Kette steht stellvertretend für negative Gefühle. ... Nun geht die Person wieder zum Kreis zurück.
7. Setzen Sie sich ruhig hin und konzentrieren Sie sich auf alle Gefühle, die Sie mit diesem Menschen verbinden. ...
8. Schauen Sie ihm nun in die Augen. Überlegen Sie einen Moment und kleiden Sie Ihre Gefühle in möglichst deutliche Worte. Je mehr Sie sich dabei von Ihren Emotionen leiten lassen, desto heilsamer ist es.
9. Geben Sie der Person die Chance zum Antworten.
10. Bedanken Sie sich bei ihr.
11. Wiederholen Sie die Schritte 6 – 9 mit allen Anwesenden.
12. Sehen Sie sich noch einmal im Kreis um. Sind irgendwo negative Gefühle übriggeblieben, die Sie noch nicht zufriedenstellend zum Ausdruck gebracht haben? Wenn ja, tun Sie es jetzt. ...
13. Von Ihrem Platz in der Mitte des Kreises aus sind Sie mit all diesen Menschen über negative Gefühle wie Schmerz, Wut, Scham, Neid und Haß verbunden. Spüren Sie diese schwere, einengende Last. ... Stellen Sie sich die Frage: »Möchte ich diese tonnenschwere Last weiterhin mit mir herumtragen oder nicht?«

14. Vielleicht wollen Sie sich noch nicht von ihr trennen. Beenden Sie die Visualisierung in diesem Fall und nehmen Sie sich fest vor, diese Entscheidung noch einmal zu überprüfen. Fahren Sie mit der Übung nur fort, wenn Sie sich von der negativen Last verabschieden wollen.

15. Kehren Sie zu Ihrem Kreis zurück. Sie sind ganz in Sonnenlicht getaucht. ... Spüren Sie, wie diese intensive goldene Wärme jeglichen Schmerz in Ihnen auflöst. ... Stellen Sie sich vor, wie eine Lichtsäule Ihren ganzen Körper ausfüllt. Mit jedem Atemzug atmen Sie Wärme ein, die Sie versorgt und Ihren inneren Kern immer mehr zum Leuchten bringt. ... Mit jedem Atemzug öffnet sich Ihr Herz ein Stückchen weiter, Ihre Sanftmut nimmt zu ... *Spüren* Sie die Wärme und das Strahlen in sich. ... Lassen Sie sich dafür ein paar Minuten Zeit.

16. Mit zunehmender innerer Stärke erlauben Sie Ihrem Herzen zu verzeihen. ... Konzentrieren Sie sich auf Ihre Güte. Lassen Sie die negativen Gefühle, die Sie mit diesen Menschen verbinden, Stück für Stück los. ...

17. Führen Sie diesen Schritt mit jeder einzelnen Person aus dem Kreis durch. Sehen Sie sie an, atmen Sie tief ein und aus und *spüren* Sie Ihre innere Wärme und Stärke, während Sie verzeihen. ... Konzentrieren Sie sich auf die Gefühle in Ihrem Herzen, und sagen Sie: »Ich verzeihe dir, ...« Wiederholen Sie diese Worte. Lassen Sie die Kette zwischen sich durch Ihre innere Wärme schmelzen. Beobachten Sie, wie sie sich in einen feinen goldenen Faden verwandelt, in eine energetische Verbindung. ...

18. Betrachten Sie nun die Gesichter in Ihrem Kreis und die glitzernden goldenen Fäden, die Sie jetzt mit diesen Menschen verbinden. An die Stelle von Schmerz und Bitterkeit sind Herzlichkeit und Energie getreten. Welche Gefühle nehmen Sie in sich wahr? ...

19. Nun wollen Sie Ihr Herz auch gegenüber sich selbst öffnen. Verzeihen Sie sich alle früheren und heutigen Enttäuschungen. ... Sagen Sie die folgenden Worte und lassen Sie sie auf sich wirken: »Ich möchte glücklich sein. ... Ich möchte keine Anspannung mehr erleben, keine Angst, keinen Haß, kein Leid. ... Ich

möchte loslassen, was mir Schmerzen bereitet. ... Ich möchte ganz werden. ... Ich möchte meine eigene Anmut spüren. ... Ich möchte mit mir Frieden schließen.«

20. Bleiben Sie so lange bei diesen Gefühlen, wie Sie können. Öffnen Sie dann behutsam die Augen.

Arbeitsblatt

Nehmen Sie sich nacheinander jede Person in Ihrem Kreis vor und stellen Sie sich folgende Fragen:

1. Welche Schmerzen hat dieser Mensch Ihnen zugefügt?
2. Inwieweit hat sein Verhalten Ihr Verhältnis zu Ihrem Körper beeinflußt?
3. Was haben Sie ihm mitgeteilt?
4. Sind Sie bereit, Ihren Groll gegen diesen Menschen loszulassen? Wenn nicht, was versprechen Sie sich von einem Festhalten an Ihrer Verbitterung?
5. Wem aus diesem Kreis verzeihen Sie nicht? Sind Sie bereit, weiterhin an diesem Thema zu arbeiten? Wenn nicht, warum?

Zum Nach- und Weiterdenken

In Joannes Kreis befanden sich »frühere Freunde, Menschen, die mir Gewalt angetan haben, mein Vater, meine Großmutter, viele Männer und zwei Frauen, auf die ich neidisch bin«.

»Ich hasse diese Ketten. Am liebsten würde ich mich losreißen. Es tut mir gut, all diese seit langem angestaute Wut herauszulassen. Mit einigen dieser Menschen habe ich schon seit 17 Jahren nichts mehr zu tun. Durch die Verwandlung der Ketten sehe ich, daß auch diese Leute Opfer waren. Ich verzeihe ihnen. Am schwierigsten fällt mir das bei einem Mann, der mich im Alter von dreizehn Jahren vergewaltigt hat. Ich empfinde eine solche Wut, aber damals war er jung. ... Ich bete darum, daß er sich verändert hat. Die goldenen

Fäden sind wunderschön. Ein Teil von mir möchte all diese Menschen begraben, aber Verzeihen fühlt sich besser an.«

Wir müssen unsere negativen Gefühle erst wahrnehmen und zum Ausdruck bringen, um sie loslassen zu können. Allerdings bietet sich uns nicht so häufig die Gelegenheit, den jeweiligen Personen tatsächlich gegenüberzutreten, entweder weil das Risiko zu groß ist oder diese Menschen nicht mehr zu unserem heutigen Leben gehören. Mit Hilfe von Visualisierungen und imaginierten Gesprächen (insbesondere, wenn wir uns gefühlsmäßig wirklich auf sie einlassen) neutralisieren wir einen Großteil des emotionalen Giftes in unserem Organismus. Diese innere Auseinandersetzung ist eine gefahrlose Alternative zur tatsächlichen Konfrontation, kann aber auch als Vorbereitung für eine solche dienen.

Manchen Frauen erscheint es zunächst schwierig oder gar unmöglich, bestimmten Menschen zu verzeihen. Falls es Ihnen so geht, sollten Sie die Übung wiederholen und sich dabei ganz auf diese Person konzentrieren. Möglicherweise müssen Sie mehr Zeit damit verbringen, Ihre Gefühle gegenüber diesem Menschen auszudrücken. Falls sich Ihnen die Gelegenheit bietet und Sie das Risiko als nicht zu hoch einschätzen, möchten Sie ihm vielleicht auch tatsächlich gegenübertreten; oder Sie schreiben Ihre Gefühle auf, die Sie so gefangenhalten. Eine weitere Möglichkeit besteht darin, ihm einen Brief zu schreiben, den Sie nicht abschicken. Nehmen Sie sich fest vor, so lange an diesem Problem zu arbeiten, bis Sie die Ketten abwerfen können.

Ich schlug Joanne vor, die Übung zu wiederholen und dabei vor allem sich selbst zu verzeihen. Hier ihre Schilderung:

»Meine Ketten standen für Selbsthaß und Selbstkritik. Dann breitete sich in mir plötzlich eine ungeheure Energie aus, eine strahlende Lichtkugel. Ich sagte: ›Ich verzeihe mir, daß ich mir so viele Schmerzen bereitet habe.‹ Und dann griff diese Energie auch auf mein Ebenbild über. Ich weinte. Es fühlte sich so gut an, mir zu verzeihen und die Kette zu verwandeln. Es war, als hätte ich eine Zwillings-

schwester, die mich schon mein Leben lang kannte. Vermutlich war sie völlig fassungslos über mein selbstzerstörerisches Verhalten, über all diese Qualen.«

Als Francine sich bei dieser Übung mit ihrer Mutter auseinandersetzte, kam sie mit ihrem »kleinen Trotzkopf« in Berührung; sie war davon überzeugt, die Mutter würde sie nicht lieben und deshalb absichtlich verletzen. Diesen Schmerz konnte Francine einfach noch nicht loslassen. Sie war noch nicht bereit, Verantwortung für ihr Leben zu übernehmen. Dieser fortwährende Kampf gegen ihre Mutter wirkte lähmend und machte sie traurig. Allerdings arbeitete sie an diesem Thema unermüdlich weiter, so daß es ihr am Ende doch gelang, ihrer Mutter zu verzeihen

Es ist nicht leicht, denen zu verzeihen, die uns unrecht taten. Wenn wir uns weiterentwickeln und wachsen wollen, führt jedoch kein Weg daran vorbei. Eigenartigerweise halten viele von uns fast hartnäckig an ihrer Pein fest. Wir tun uns selbst leid und machen andere für unser Elend verantwortlich. Für manche Menschen sind diese Schmerzen geradezu lebensbestimmend – sie machen einen Teil ihrer Persönlichkeit aus. Tatsächlich entsteht dort, wo wir unsere Verletzungen loslassen, ein Vakuum, das wir unter Umständen als Verlust oder Leere empfinden. Dazu fällt mir folgendes Bild ein: Beim Ausmisten Ihres Kleiderschrankes werfen Sie Sachen weg, an die viele Erinnerungen geknüpft sind, gleichzeitig aber schaffen Sie Raum für Ihre neue Garderobe. Beim gründlichen Aufräumen in Ihrer Gefühlswelt entsteht eine fruchtbare Leere. Heißen Sie sie willkommen – schließlich ist sie ein elementarer Bestandteil Ihres Wachstumsprozesses!

Manchmal will uns unser Stolz, unser Starrsinn glauben machen, wir würden einen Teil unserer Selbstachtung verlieren, wenn wir anderen verzeihen. Das Gegenteil ist der Fall. Es bedarf nämlich erheblicher innerer Stärke, für unser Leben Verantwortung zu übernehmen und denen zu verzeihen, die uns unrecht taten. Wir verlieren lediglich unsere Ketten, sonst nichts.

9 Woran halten Sie fest?

Vielen von uns dient unser negatives Körperbild als Rechtfertigung für die Beibehaltung des Status quo. So schützen wir uns vor Gefühlen oder Verhaltensweisen, die uns Furcht einflößen. Diese Angst richtet sich allerdings häufig auf Begebenheiten aus der Vergangenheit, die für uns heute keinerlei Bedrohung mehr darstellen. Indem wir an unserem negativen Körperbild festhalten, lehnen wir die Verantwortung für unser Leben ab.

In diesem und dem folgenden Kapitel beschäftigen Sie sich mit Ihren inneren Widerständen gegenüber Veränderungen. Sie prüfen, ob Sie sich selbst im Weg stehen und daraus einen Nutzen ziehen. Sobald Sie wissen, welchen Zweck Ihre Negativhaltung erfüllt, können Sie nach Alternativen für diese Funktion suchen. Vielleicht stellen Sie aber auch fest, daß ein Großteil dieser Mechanismen völlig unnütz ist – dann haben Sie die Möglichkeit, sich von ihnen zu trennen.

Doch dazu müssen Sie sie erst einmal kennen: Veränderungen sind nur dann erfolgversprechend, wenn Sie fest entschlossen ein ganzheitliches Leben anstreben.

Übung 13: Mäntel der Identität*

1. Schreiben Sie zehn Wörter oder Sätze auf, die Ihre negative Haltung gegenüber Ihrem Körper zum Ausdruck bringen, zum Beispiel »Ich bin fett«, »Ich bin tolpatschig« und so weiter.
2. Wählen Sie die Ihnen vertrautesten fünf Wendungen aus und schreiben Sie sie jeweils auf einen kleinen Zettel.
3. Legen Sie die Zettel auf einen Stapel, und zwar die wichtigsten nach unten und die weniger wichtigen nach oben.
4. Legen Sie die Zettel in Reichweite neben sich und setzen Sie sich bequem hin. Schließen Sie die Augen, und entspannen Sie sich.
5. Gehen Sie diesen Schritt mit all Ihren Zetteln durch:

Nehmen Sie den obersten Zettel zur Hand. Lassen Sie die Worte, die Ihr Verhältnis zu Ihrem Körper wiedergeben, auf sich wirken. Was bedeutet diese Beurteilung für Sie und Ihr Leben?

- Wie fühlt es sich an, so beschrieben zu werden?
- Welche Gedanken kommen Ihnen bei dieser Darstellung? Was spüren Sie?
- Welche Auswirkungen hat diese Selbstdarstellung auf Ihr Leben (Ihre Beziehungen, Ihre berufliche Laufbahn, Ihr Selbstbild, Ihre Gesundheit und so weiter)?
- Welche Grenzen werden Ihnen durch diese Beschreibung auferlegt? Welche Freiheiten genießen Sie durch sie?

Drehen Sie den jeweiligen Zettel um, sobald Sie sich lange genug mit ihm auseinandergesetzt haben. Stellen Sie sich dabei vor, daß Sie diese Selbstbeschreibung ablegen wie einen Mantel.

- Hat sich Ihr Körpergefühl verändert?
- Wer sind Sie ohne diesen Teil Ihrer Identität?
- Wie fühlt es sich an, ihn loszulassen? Was gewinnen Sie dazu? Was verlieren Sie?
- Fällt Ihnen das Aufgeben dieses Musters leicht oder nicht?
- Droht Ihnen dadurch irgendeine Gefahr?

---

* Adaptiert von Frances E. Vaughans *Intuitiver leben. Wie entwickle ich mein inneres Potential*, Frankfurt/Main: Fischer 1991.

6. Führen Sie den vorherigen Schritt mit allen fünf Zetteln durch. Setzen Sie sich dann ruhig hin und richten Sie Ihre Aufmerksamkeit nach innen. Wie fühlen Sie sich ohne diese Eigenschaften? Konzentrieren Sie sich auf Ihr eigentliches Ich. ...
7. Machen Sie aus folgendem Gedankengang eine Meditation: »Ich bin das Zentrum meiner Identität. Es verleiht mir Beständigkeit und ein inneres Gleichgewicht. Dieser Kern ist mein eigentliches Wesen.« Lassen Sie sich für diesen Schritt genug Zeit.
8. Widmen Sie sich nun wieder nacheinander Ihren Zetteln, diesmal in umgekehrter Reihenfolge (das heißt von sehr wichtig bis weniger wichtig). Stellen Sie sich vor, wie Sie jede Eigenschaft wieder anlegen wie einen Mantel.
- Welche Gefühle verspüren Sie bei der Rücknahme?
- Wie geht es Ihnen mit jeder einzelnen dieser Eigenschaften?
- Achten Sie auf Veränderungen in Ihrem Körperempfinden, während Sie nacheinander alle Beschreibungen wieder annehmen.
9. Ruhen Sie sich einen Augenblick aus und widmen Sie sich dann Ihrem Arbeitsblatt.

Arbeitsblatt

1. Wer sind Sie ohne Ihre Beurteilungen? In welcher Hinsicht haben Sie sich verändert?
2. Nehmen Sie einmal jede Eigenschaft unter die Lupe. Welche Funktion hat sie in Ihrem Leben? Warum möchten Sie sie nicht loslassen? Bilden Sie Sätze wie: »Wenn ich .... loslasse, wird .... eintreten.«
3. Wie haben Sie sich gefühlt, als Sie die Eigenschaften wieder zurücknahmen?
4. Welche Widerstände gegenüber Veränderungen nahmen Sie während der Übung in sich wahr? Schreiben Sie sie auf.
5. Gibt es andere Möglichkeiten, den Zweck zu erreichen, für den momentan Ihre Widerstände zuständig sind? Su-

chen Sie für jeden Widerstand nach einer Alternative, ohne daß Sie dadurch Ihren Körper anders erleben.
6. Anmerkungen.

Zum Nach- und Weiterdenken

Diese Übung hat Ihnen hoffentlich gezeigt, auf welche Weise Sie an Ihrem negativen Körperbild festhalten und welchen Nutzen Sie aus ihm ziehen. Viele meiner Kursteilnehmerinnen waren so erleichtert, als sie die schweren Mäntel abgelegt hatten, daß sie geradezu erbost auf meine Bitte reagierten, sie wieder anzuziehen. Für meine Vorgehensweise gibt es mehrere Gründe: Zunächst einmal hat Ihr Verteidigungsmechanismus eine bestimmte Schutzfunktion; Sie sollten ihn erst aufgeben, wenn Sie wirklich dazu bereit sind, und nicht allein auf meine Aufforderung hin. Darüber hinaus dient diese Übung vor allem der Selbsterfahrung und nicht dem Zweck, Ihre gesamte Identität in kürzester Zeit umzukrempeln. Die Bilder, mit denen wir uns identifizieren, lassen wir nur ungern los. Der Prozeß ist individuell verschieden und erfolgt schrittweise, in ganz unterschiedlichem Tempo. Es ist keineswegs meine Absicht, Ihnen Ihre Identität zu rauben und Sie entblößt und verwundbar sich selbst zu überlassen. Im Gegenteil: Ich biete Ihnen eine sichere Umgebung, in der Sie verschiedene Alternativen ausprobieren können.

Vielleicht haben auch Sie auf meine Aufforderung, all Ihre Eigenschaften zurückzunehmen, empört reagiert. Werten Sie das als ein Zeichen dafür, daß Sie diese Selbstzuweisungen eigentlich gar nicht mehr wollen. Aber vermutlich sind Sie noch nicht ganz dazu bereit, sie loszulassen; im übrigen fehlt Ihnen auch noch das nötige Rüstzeug dazu. Bewahren Sie sich dennoch dieses Gefühl. Erinnern Sie sich immer wieder daran, wie sehr Sie sich von dieser selbstauferlegten Last befreien wollen: Dadurch bekommen Sie allmählich den Mut, der für jede Veränderung erforderlich ist.

Womöglich hatten Sie aber auch Schwierigkeiten damit, Ihre Eigenschaften loszulassen, oder waren gar erleichtert, als Sie sie wieder bei sich hatten. Betrachten Sie in diesem Fall noch einmal die Risiken, die Sie mit dem Abwerfen Ihres Ballasts verbinden. Unter Umständen ist der Weg für Sie ein wenig länger – respektieren Sie Ihren persönlichen Prozeß und Ihre individuelle Geschwindigkeit.

Francine verspürte einen erheblichen Widerstand, als sie ihre Eigenschaften ablegen sollte. Durch ihre Unförmigkeit spielte sie stets die Rolle des Clowns: Dann lachten die Leute mit ihr und nicht über sie. Sie betrachtet ihre Figur als unweiblich:

»Das unterscheidet mich von körperlich schwachen Frauen, von kleinen, unscheinbaren Frauen, von Frauen ohne Format, von hilflosen, sprunghaften Frauen ... von Frauen, die sexualisiert und als Objekte für Männer kommerzialisiert werden. ... Sie wurden der Macht, die Frauen besitzen und vor der Männer sich fürchten, ganz und gar beraubt.«

Darüber hinaus diente Francines Körperfülle ihr als Isolierung gegenüber der Außenwelt:

»Sie schützt mich vor meiner Sexualität. So bewege ich mich außerhalb der Norm, manchmal als Außenseiterin und manchmal als Privilegierte. Zuweilen macht sie mich auch unsichtbar. Sie schützt mich vor Schikanen, insbesondere durch Männer. Ich wurde zum Dicksein erzogen. Meine Familie sieht mich nur als Übergewichtige.«

Ferner stellte Francine fest, daß sie sich als makelbehaftet betrachtete und auf diese Weise eine Distanz zwischen sich und anderen schuf. Den Schmerz darüber, sich ungeliebt zu fühlen, setzte sie in ungeheure Kreativität um. Francine braucht ihr Körperbild als Schutz gegen Sexualität, Schikane, Kritik und Übergriffe. Es ist eine politische Manifestation, eine Absage an gesellschaftliche Wertvorstellungen und zugleich eine Möglichkeit der Verbindung zu ihrer Familie. Mit ihrem Körperbild unterstreicht Francine ihr Gefühl der Unabhängigkeit und Individualität.

Allerdings könnte sie ihre Persönlichkeit auch anders behaupten. Sie könnte in ihrem Verhalten bestimmter sein und nein sagen, anstatt dieselbe Botschaft über ihren Körper zu vermitteln. Sie könnte sich politisch engagieren und aktiv gegen gesellschaftliche Mißstände kämpfen; und im privaten Bereich könnte sie ihre eigene Sexualität erforschen, neue Beziehungsstrukturen mit ihrer Familie erproben und sich selbst als einzigartigen Menschen wahrnehmen.

Vielleicht sind Sie zu einer Trennung von Ihrem überflüssigen Ballast noch nicht bereit – dann ist er Ihnen vermutlich noch auf irgendeine Weise nützlich. Es liegt an Ihnen, mehr über seine Funktionen herauszufinden. Möglicherweise sind dazu aber auch noch ein paar Vorarbeiten erforderlich. Wiederholen Sie die bisherigen Übungen und lassen Sie sich dafür genug Zeit. Gehen Sie erst dann zum nächsten Kapitel über.

In jedem Falle ist es hilfreich, alte Gewohnheiten in Ihrem Alltag zu überprüfen. Stellen Sie sich doch einmal vor, daß Sie einige von ihnen über Bord werfen. Was wird geschehen? Vor Ihrem inneren Auge können Sie die jeweils zugrunde liegenden Strukturen erkennen und das Loslassen vorab üben. Nutzen Sie Ihre Fähigkeit, sich bewußt und flexibel auf verschiedenen imaginären Ebenen zu bewegen! Um so durchschlagender wird der Erfolg ihres psychisch-körperlichen Heilungsprozesses sein.

Leitfragen

1. In welchen Lebensbereichen benutzen Sie Ihr Körperbild, um sich selbst einzuschränken? Meiden Sie zum Beispiel gesellschaftliche Ereignisse, machen Sie sich in Gruppen unsichtbar, üben Sie Ihre Macht nicht aus und so weiter?
2. Inwiefern sind Sie Gefangene Ihrer selbst (zum Beispiel durch negative Selbsteinschätzung, selektive Wahrnehmung, Vergleiche mit anderen und so weiter)?
3. Was würden Sie gewinnen, wenn Sie sich in Ihrem Körper freier fühlten?
4. Was erscheint Ihnen an dieser Freiheit bedrohlich?

Übung 14: Die Frau in der Falle

Wenn Sie Ihren Körper nicht mögen und gegen ihn ankämpfen, leben Sie im Gefängnis. Sie werden von dem Bild, das Sie sich von sich selbst und Ihrem Körper machen, vollkommen beherrscht und sind zugleich Inhaftierte und Wärterin, da Sie sich selbst gefangenhalten. Sie haben Ihr Gefängnis – Ihr Körperbild – aus den vielen schmerzhaften Erfahrungen und negativen Rückmeldungen anderer Menschen gebaut und fanden Unterstützung in Vergleichen mit den unerreichbaren, von den Medien propagierten Normen. An die Stelle von Wertschätzung gegenüber Ihrem eigentlichen Wesen traten Ablehnung und Mißachtung.

Ihr Gefängnis ist einzigartig. Durch fortwährende Selbstkritik und selektive Wahrnehmung sorgen Sie dafür, daß es stabil und undurchdringlich bleibt. Sie hören nämlich nur, was Ihrem negativen Selbstbild entspricht, und versagen sich die Liebe und Anerkennung, die Sie eigentlich verdienen – *auch wenn Sie Fehler haben*. Auf der ganzen Welt gibt es keinen einzigen perfekten Menschen.

1. Setzen Sie sich bequem hin, schließen Sie die Augen und entspannen Sie sich.
2. Richten Sie Ihre ganze Aufmerksamkeit nach innen. Inwieweit halten Sie sich durch die Gefühle gefangen, die Sie gegenüber Ihrem Körper verspüren? ...
3. Was fühlen Sie, wenn Sie sich dieses Gefängnis vor Augen führen? ...
4. Suchen Sie nach einem Bild, das Ihre Art des Gefangenseins symbolisiert. Vielleicht sieht Ihr Gefängnis aus wie ein echtes mit Gittern vor den Fenstern. Möglicherweise haben Sie aber auch eine ganz abstrakte Vorstellung. ...
5. Treten Sie jetzt ganz in Ihr Bild ein und erleben Sie die Antworten zu den folgenden Fragen mit all Ihren Sinnen.

– Was ist das für ein Gefängnis? ... Wie sieht es aus? ... Woraus besteht es? ... Wie haben Sie es gebaut?

– Wie fühlen Sie sich darin? ...
– Ist eine Wärterin anwesend? ... Was ist das für ein Mensch? ...
– Was nützt es Ihnen, hier zu sein? ... Schützt es Sie vor etwas oder vor jemandem? ...
– Nützt es anderen Menschen vielleicht etwas, daß Sie hier sind? ... Wird dadurch jemand geschützt? ... Wem machen Sie eine Freude? ... Gegen wen lehnen Sie sich auf?

6. Wie sieht es außerhalb Ihrer Gefängnismauern aus? ...

7. Welche Gefahren bringt die Freiheit mit sich? Welchen Preis müßten Sie für sie zahlen? ...
– Was würden Sie verlieren, was müßten Sie aufgeben (zum Beispiel Selbstmitleid, Mitgefühl von anderen, kindliches Verhalten und so weiter)? ...
– Wovor haben Sie Angst (zum Beispiel Angst vor Unbekanntem, Angst vor Ihrer eigenen Stärke und Sexualität)? ...
– Welche neue Verantwortung würde auf Sie zukommen (zum Beispiel Nein sagen lernen, die eigenen Grenzen wahrnehmen und respektieren)? ...
– Mit welchen neuen Themen müßten Sie sich auseinandersetzen? (Wenn Ihr Körper nicht mehr Ursache allen Übels ist: Welcher Teil in Ihnen müßte wachsen und sich verändern?) ...
– Welchen Vorteil ziehen Sie aus Ihrer Gefangenschaft? ... Welcher Teil in Ihnen profitiert von diesen Fallstricken? ...
– Wie sieht Ihre Persönlichkeit aus, wenn Sie nicht mehr die Frau in der Falle sind?

8. Konzentrieren Sie sich auf Ihr gefangenes Ich. ... Wer hat Sie eingesperrt? ... Welche Fähigkeiten werden durch diese Mauern unterdrückt?

9. Wie wäre es für Sie, das Gefängnis zu verlassen? ... Was könnten Sie an Ihrer neuen Freiheit genießen? ...

10. Stellen Sie sich folgende Fragen: Was möchte ich *wirklich?* Frei sein oder eingesperrt bleiben? Bleiben Sie innerlich so lange bei dieser Frage, bis Sie eine klare Antwort in sich spüren. ... Falls Sie beschlossen haben, in Ihrem Gefängnis zu bleiben, hören Sie hier auf. Respektieren Sie Ihre Entscheidung. Im anderen Fall gehen Sie bitte zum nächsten Schritt über.

11. Planen Sie nun Ihren Ausbruch aus dem Gefängnis. Welche Möglichkeiten sind für Sie vorstellbar? Bedenken Sie, daß Sie Ihr Gefängnis errichtet haben und folglich den Ausweg daraus am besten kennen.
Hier einige Vorschläge:
- Sie könnten beispielsweise etwas an Ihnen, am Gefängnis oder an der Wärterin verändern. Zerstören Sie aber nichts! Sie dürfen Bestandteile Ihres Bildes verändern, aber nichts zerstören.
- Fragen *Sie* nun Ihr Gefängnis oder die Wärterin nach dem besten Fluchtweg. Denken Sie sich dann in die jeweilige Gegenrolle hinein und antworten Sie. Gefängnis und Wärterin sind der Teil von Ihnen, der für Ihre negative Haltung zu Ihrem Körper steht. Respektieren Sie diesen Aspekt und auch den *Einfluß,* der von ihm ausgeht. Konzentrieren Sie sich in der Rolle des Gefängnisses beziehungsweise der Wärterin darauf, Ihnen, der Gefangenen, bei Ihrem Fluchtversuch zu helfen.

12. Stellen Sie sich nun unter Einbeziehung all Ihrer imaginativen Sinne deutlich vor, wie Sie Ihren genialen Fluchtplan in die Tat umsetzen. Lassen Sie sich für Ihre Flucht genügend Zeit und nehmen Sie zuvor noch ein kleines Andenken mit. ...

13. Falls Ihnen die Flucht Schwierigkeiten bereitet, sollten Sie eine Übergangslösung finden. Nehmen Sie sich fest vor, die Übung zu wiederholen.

14. Haben Sie Ihren Ausbruch erfolgreich abgeschlossen? Dann besinnen Sie sich noch eine Weile und betrachten abwechselnd das Gefängnis hinter sich und die Welt vor sich. Bleiben Sie in Kontakt zu Ihren Gefühlen. ... Spüren Sie Erleichterung? Freude? Verlust? Lassen Sie alle auftretenden Gefühle zu.

Arbeitsblatt

1. Wie fühlen Sie sich in Ihrem Gefängnis? Was tun Sie, um dort zu bleiben? Berücksichtigen Sie Ihre inneren Widerstände gegenüber der Freiheit sowie sämtliche anderen wichtigen Details.

2. Spiegelt das Bild Ihres Gefängnisses Ihre tatsächliche Situation wider?
3. Haben Sie dank der Übung erkannt, warum Sie sich selbst gefangenhalten? Wenn ja, nennen Sie die Gründe.
4. Was sagt Ihnen Ihre Fluchtmethode über den möglichen Ausweg aus Ihrem negativen Körperbild?
5. Können Sie Ihre neuen Erkenntnisse in Ihrem Alltag umsetzen (zum Beispiel durch Verhaltensänderung, Entwicklung neuer Fähigkeiten, andere Einstellungen und so weiter)?
6. In welcher Hinsicht fühlen Sie sich noch immer gefangen?
7. Anmerkungen.

Zum Nach- und Weiterdenken

Ob Ihnen der Ausbruch aus Ihrem Gefängnis ohne weiteres oder nur mit Mühe gelingt oder sogar scheitert, hängt direkt damit zusammen, inwieweit Sie zu einer Loslösung von Ihrem negativen Körperbild bereit sind. Einige von Ihnen werden sich mit Leichtigkeit befreien: Für Sie ist das Erleben dieses imaginären Ausbruchs vermutlich sehr heilsam. Andere treffen mitten im Ausbruchsprozeß auf Hindernisse; sehen Sie sich in diesem Fall Ihre inneren Widerstände genau an. Stellen Sie sich immer wieder die zuvor aufgeführten Fragen, bis Sie die Ursachen für Ihre Blockaden verstehen. Vielleicht ist Ihnen aber auch bereits der Entwurf des Fluchtplans nicht gelungen; gestehen Sie sich dann unbedingt ein, daß es für Sie noch einiges zu tun gibt.

Wiederholen Sie die Übung auf jeden Fall mindestens einmal – nur dann entdecken Sie eventuell unterschiedliche Fluchtwege. Zudem sollten Sie den Ausbruch aus Ihrem persönlichen Gefängnis möglichst oft erleben. Bei der Wiederholung stimmt Ihr Bild des Gefängnisses übrigens nicht unbedingt mit Ihrem ursprünglichen überein. Wir umgeben uns mit unterschiedlichen Mauern, die bei jeder Visualisierung anders aussehen können. Seien Sie Ihrem Vorstellungsvermögen gegenüber offen.

Carla sah ihr Gefängnis als einen langen, viereckigen Behälter aus rauhem, kratzigem Zement. Da jede Berührung an der Innen- und Außenseite weh tat, blieb Carla drinnen, und von außen kam niemand herein. Bei ihrem Ausbruch mußte sie herausklettern, was ihr nur mit Schwierigkeiten und unter großen Schmerzen gelang. Aber sie hielt durch. Freiheit bedeutete für sie »Verantwortung, Erwachsensein, Versagensängste, Angst davor, zu streng zu mir selbst zu sein, Angst vor Unzulänglichkeit«. Daneben erlebte sie aber auch neue Glücksgefühle: Sie bewegte sich mit einem Mal ganz ungezwungen, war stolz auf sich und verspürte einen ausgesprochenen Tatendrang.

Als Carla erkannte, daß sie sich ihre Falle selbst gebaut hatte, nahm ihre Bereitschaft zum Ausbruch zu. Mehrere Wochen lang lebte sie mit diesem Bild und fand ihr Gefängnis zunehmend ungemütlich. Parallel dazu erschien ihr die Fluchtmöglichkeit immer attraktiver, auch wenn damit Risiken verbunden waren.

Die von uns gewählten Bilder sind oft ungeheuer aufschlußreich und decken unter Umständen sogar mehr auf, als wir sehen möchten. Völlig fassungslos war Gloria, eine Frau Anfang fünfzig, die seit dreißig Jahren verheiratet war: Sie erkannte, daß ihr Gefängnis die Hosentasche ihres Mannes war. Das Bild stand für die erdrückende Abhängigkeit in ihrer Beziehung: Gloria war es leid, ständig wie ein Kind zu handeln und behandelt zu werden, und ließ ihre Enttäuschung in Form von Selbsthaß und Freßanfällen an ihrem Körper aus, anstatt ihrem Mann entgegenzutreten und ihre Ehe in Frage zu stellen. Der Schock bewog sie schließlich dazu, zusammen mit ihrem Mann eine Psychotherapie anzufangen. Dieses Beispiel soll lediglich die enorme Kreativität unseres Unterbewußtseins veranschaulichen.

Jede Barriere gibt Ihnen einen Hinweis darauf, in welcher Richtung Sie noch an sich arbeiten müssen, und sicherlich schaffen Sie die Hindernisse zuweilen nur unter Aufbietung all Ihrer Kräfte beiseite. Manche von Ihnen werden allein durch die folgenden Übungen weiterkommen. Vielleicht erfordert es Ihr persönlicher Wachstumsprozeß aber auch, daß Sie noch mehr lesen, Seminare besuchen, um notwendige Techniken der Selbsterfahrung zu erlernen, oder womöglich sogar im Rahmen einer Therapie professionelle Hilfe in Anspruch nehmen.

Diese Phase, in der Sie Ihre inneren Widerstände gegenüber neuen Wegen erkennen und überwinden, ist für die Veränderung Ihres Körperbildes von grundlegender Bedeutung. Setzen Sie sich daher auf keinen Fall unter Zeitdruck. Nur wenn alle Barrieren beseitigt sind, liegt der Weg frei vor Ihnen. Gut Ding will schließlich Weile haben.

10 Entdecken Sie Ihre innere Stimme!

Riskieren Sie etwas! Kümmern Sie sich nicht länger um die Meinung anderer. Entscheiden Sie sich für den schwierigsten Weg. Stehen Sie für sich selbst ein.

Katherine Mansfield

Unser Wesen ist so facettenreich, daß wir manchmal selbst nicht wissen, wer wir eigentlich sind. Kein Mensch ist so geradlinig strukturiert, daß er von sich behaupten könnte: »Ich bin genau so, ganz unabhängig von der Situation.« Beispielsweise halte ich mich stets zurück, wenn ich Leute kennenlerne, mit guten Freundinnen und Freunden dagegen pflege ich sehr enge, intensive Beziehungen. Welcher Teil gehört nun wirklich zu mir? Beide natürlich. Schließlich vereinigen sich in mir noch viel mehr vermeintliche Widersprüche: Einerseits bin ich sehr naturverbunden, andererseits genieße ich das vielfältige Angebot des Stadtlebens; ich brauche das Alleinsein, bin aber auch gern mit anderen Menschen zusammen. Und erstaunlicherweise kommen sich all diese Bedürfnisse nur selten in die Quere.

In uns gibt es zahlreiche Subindividuen. Sie leben mehr oder weniger in friedlicher Koexistenz und stehen für jeweils einen

Aspekt unserer Persönlichkeit. Jedes von ihnen besitzt seine eigene Stimme; zusammen bilden sie eine Gesamtheit, die man sich allerdings nicht als ein buntes Durcheinander von Einzelteilen vorstellen darf. Eher handelt es sich um eine geschlossene Einheit mit einem von Weisheit und Milde geprägten Kern, der wiederum über seine eigene Stimme verfügt. Im vorangegangenen Kapitel lernten Sie diese zentrale Identität bereits kennen – die Frau in der Falle, Ihr *Ich* unter all den schweren Mänteln. Nun ist es an der Zeit, sich mit diesem elementaren Teil in Ihnen auseinanderzusetzen, der all die unterschiedlichen Facetten Ihres Wesens *bewußt* beobachtet, steuert und miteinander in Einklang bringt. Daneben lernen Sie die Subindividuen kennen, die im Kampf gegen Ihren Körper eine Rolle spielen. Sobald nämlich eines von ihnen destruktiv in Erscheinung tritt und Sie von dem von Ihnen für richtig erachteten Weg abbringen möchte, wird es zu Ihrer inneren *Widersacherin.* Zwar werden all Ihre Widersacherinnen durch positive Gefühle oder Absichten motiviert, doch sind diese nicht immer eindeutig auszumachen. Indem sie Ihre Widersacherinnen identifizieren und ihre Stimmen erkennen, holen Sie sie aus Ihrem Unterbewußtsein hervor, wo sie Ihnen gern einen Streich spielen, und bringen sie ans Tageslicht. Hier können Sie sie besser in Schach halten. Ihre Widersacherinnen loszulassen heißt übrigens nicht, sie zu zerstören. Sie müssen sich vielmehr bemühen, ihre positiven Funktionen herauszuarbeiten und entsprechende Alternativen für sie zu finden.

In dieser Übung lernen Sie vier Ihrer Widersacherinnen kennen (weitere innere Stimmen entdecken Sie gegebenenfalls ganz von selbst).

1. Ihre innere *Beschützerin* wird von Ihrer Vernunft gesteuert. Sie drängt auf die Beibehaltung des Status quo, weil neue Verhaltensweisen unvorhersehbare Risiken mit sich bringen. Auf ihr Konto gehen Sätze wie: »Iß, dann fühlst du dich wieder besser«, »Paß auf, daß du nicht zu schön, zu sexy, zu stark oder zu erfolgreich wirst, denn dann stehst du allein da« und so weiter. Ihre Beschützerin verkörpert Ihr freundliches, liebevolles, für-

sorgliches Wesen, aber diese Liebenswürdigkeit kann eben auch erdrückend wirken.

2. Ihre innere *Kritikerin* übt eine Kontrollfunktion aus. Sie findet immer einen Fehler und ist nie zufrieden; in ihren Augen sind Sie niemals gut genug, schlank genug oder schön genug. Ihre Kritikerin ist in der Lage, zu analysieren und zu bewerten, doch wenn sie über Sie urteilt und Sie für schuldig befindet, wird sie zur Widersacherin.

3. Ihre innere *Rebellin* widersetzt sich den von der Kritikerin gesteckten Grenzen. Sie steht für das wütende, aufmüpfige Kind in Ihnen, das mit den Füßen stampft und ruft: »Ich werd's dir schon zeigen!« Zu ihr gehört Ihre kindliche Energie, Ihre Entschiedenheit und Ihre Ausgelassenheit. Ihre Rebellin kämpft um Ihre Individualität und oftmals um Ihr Überleben, aber solange Sie ihren Einfluß auf sie nicht steuern, ist auch sie eine Widersacherin.

4. Ihr inneres *Opfer* ist schwach und hilflos. Es äußert sich unentwegt durch Schuldgefühle, Frustration, Enttäuschung, Verzweiflung und Resignation. Es ergeht sich in Selbstmitleid und fühlt sich unzulänglich, ängstlich und machtlos. Seine ständige Klage lautet: »Ich Arme, ich kann doch nichts dafür!« Es repräsentiert den Teil in Ihnen, der anderen die Entscheidung überläßt, was gut für Sie ist. Andererseits ist Ihr Opfer auch sensibel, verletzlich und bescheiden; es achtet auf die Bedürfnisse anderer Menschen. Sobald es sich aber an Schmerz koppelt, wird es ebenfalls zur Widersacherin.

Übung 15: Lernen Sie Ihre Widersacherinnen kennen!

1. Setzen Sie sich bequem hin, schließen Sie die Augen und entspannen Sie sich.
2. Stellen Sie sich eine Situation vor, in der Sie sich rundum wohl fühlen und mit sich und Ihrem Körper zufrieden sind. Denken Sie sich eine Situation aus, falls Ihnen keine reale ein-

fällt, und *erleben* Sie sie mit all Ihren Sinnen. Achten Sie auf sämtliche Details – Ihre Empfindungen, Ihren Gesichtsausdruck, Ihre Gedanken, Ihr Körpergefühl und so weiter. ...

3. Es ist Ihre innere Fürsprecherin, die sich für diesen Selbsterfahrungsprozeß entschieden hat. Sie hat hart gearbeitet und manche Schmerzen ertragen, um wichtige psychologische Ereignisse aufzudecken und Platz für Veränderungen zu schaffen, denn sie möchte heilen. Sie begegnet Ihnen und Ihrem Körper mit vertrauensvoller Wertschätzung. ... Besinnen Sie sich auf diesen zentralen Anteil in Ihnen, Ihre innere Fürsprecherin. ...
4. Lassen Sie möglichst alle positiven Gefühle, die Sie mit diesem Bild verknüpfen, in Ihre rechte beziehungsweise linke Hand fließen (je nachdem ob Sie Rechts- oder Linkshänderin sind). *Spüren* Sie, wie sich diese Empfindungen in Ihrer Hand sammeln, und sehen Sie sich Ihre positiven Gefühle an. ...
5. Falls Sie zu irgendeinem Zeitpunkt während dieser Übung mit Ihrer Fürsprecherin in Kontakt treten möchten, müssen Sie lediglich diese Hand drücken. Versuchen Sie das ruhig ein paarmal, bis Sie sich der Wirkung ganz sicher sind.
6. Drücken Sie Ihre Hand und spüren Sie Ihre innere Fürsprecherin. Nach einer Weile klopft Ihnen jemand auf die Schulter. Drehen Sie sich um. Sie stehen einer Ihrer Widersacherinnen gegenüber, und zwar Ihrer inneren Beschützerin.
7. Stellen Sie sich auf die Begegnung mit Ihrer Beschützerin ein. Sie sehen einander eine Weile an, während Sie versuchen, ein Gespür für diese spezielle Widersacherin zu entwickeln. Geben Sie ihr einen Namen, der ihre Wirkung auf Sie beschreibt.
8. Geben Sie Ihrer inneren Widersacherin genau eine Minute, um ihre Meinung zu äußern – um genau die Dinge loszuwerden, die Ihnen regelmäßig den Wind aus den Segeln nehmen und Sie von dem von Ihnen für richtig erachteten Weg abbringen. Hören Sie ihr zu und achten Sie dabei auf mögliche Veränderungen in Ihren Gefühlen, Ihrem Körper, Ihrer Körperhaltung, Ihrem Gesichtsausdruck, Ihrem Auftreten, Ihren Ideen und Ihren Einstellungen. Stoppen Sie die Zeit.

9. Hat Ihre Widersacherin etwas erreicht? Haben Sie ihr abgenommen, was sie Sie glauben machen wollte? Erinnert sie Sie an einen Menschen in Ihrem Leben?

10. Drücken Sie Ihre Hand, um negative Gefühle, die eventuell aufgetreten sind, wieder loszulassen. Treten Sie in Kontakt mit Ihrer inneren Fürsprecherin, die von Ihrer Ganzheit überzeugt ist und sich in Ihrem Körper wohl fühlt.

11. Geben Sie Ihrer Widersacherin eine weitere Minute, in der sie Ihnen sagen soll, was sie alles für Sie tut und daß Sie ohne ihre Unterstützung in arge Bedrängnis kämen. Stoppen Sie die Zeit.

12. Drücken Sie Ihre Hand und wenden Sie sich wieder Ihrer inneren Fürsprecherin zu. ... Werden Sie nun selbst zu Ihrer inneren Widersacherin. Identifizieren Sie sich mit diesem Teil von Ihnen. ... Fühlen Sie sich in Ihre Haltung Ihnen gegenüber ein. ... Erkennen Sie die Ursache für Ihre Verhaltensweise? ... Versuchen Sie, die Macht und Energie dieser Widersacherin zu spüren. ... Kehren Sie nun zu sich selbst zurück.

13. Drücken Sie Ihre Hand, um sich wieder zu sammeln. Sehen Sie sich Ihre Widersacherin erneut an und halten Sie sich dabei Ihre soeben erlebten Empfindungen vor Augen. ... Suchen Sie nach der positiven Absicht Ihrer Widersacherin und nach den prinzipiell guten Eigenschaften dieses Teiles von Ihnen.

14. Danken Sie diesem Teil von Ihnen für seine guten Absichten. Geben Sie ihm zu verstehen, daß Sie die Ursachen für sein Verhalten Ihnen gegenüber nachvollziehen können.

15. Fragen Sie sich, ob Sie diese Widersacherin gehen lassen wollen. Wie wäre es, sich von ihr zu verabschieden? Was nützt es Ihnen, weiterhin an ihr festzuhalten?

16. Lassen Sie nun Ihre innere Fürsprecherin zu Wort kommen. Erklären Sie Ihrer Widersacherin, wie Sie in Zukunft behandelt werden möchten. Lassen Sie sich dafür genug Zeit. Machen Sie konkrete Vorschläge für einen konstruktiven Umgang miteinander: Wie lassen sich die *positiven* Elemente ihres Verhaltens beibehalten und die aggressiven, destruktiven und kontraproduktiven abschwächen? Bedenken Sie: Diese Widersacherin ist ein

Teil von Ihnen, Sie müssen also eine Lösung für eine friedliche Koexistenz finden. Die Vernichtung dieses Anteils wäre viel zu gefährlich und steht daher außer Frage.

17. Bedanken und verabschieden Sie sich.
18. Machen Sie hier eine Pause und füllen Sie Ihr Arbeitsblatt aus. Widmen Sie sich danach Ihren anderen drei Widersacherinnen.

Arbeitsblatt

Beantworten Sie die Fragen 1 bis 4 nacheinander für jede einzelne Widersacherin.

1. Beschreiben Sie Ihre Widersacherin. Schildern Sie ihren Namen, ihr Verhalten und ihren Einfluß auf Sie. Wie fühlen Sie sich ihr gegenüber? An wen erinnert sie Sie? Was will sie für Sie erreichen? Was ist ihre Motivation? Welche Macht gestehen Sie ihr zu? Was fällt Ihnen sonst noch ein?
2. Wie haben Sie sich gefühlt, als Sie zwischen Ihrer Widersacherin und Ihrer Fürsprecherin hin- und herwechseln sollten? Gab es Machtunterschiede?
3. Welche Lösung für eine friedliche Koexistenz haben Sie erarbeitet? Hatten Sie Schwierigkeiten dabei?
4. Anmerkungen.

19. Wiederholen Sie die Schritte 6 bis 16 nacheinander mit allen übrigen Widersacherinnen.
20. Versammeln Sie nun all Ihre Widersacherinnen so um sich, daß Sie jede direkt ansehen und einen Kontakt zu ihr herstellen können. Wie fühlen Sie sich? ... Betrachten Sie jede einzelne und achten Sie dabei auf Ihre Gefühle.
21. Stellen Sie sich vor, wie Sie ganz allmählich von warmem Sonnenlicht durchströmt werden. All Ihre Anteile sind sonnig und angenehm warm. ... Spüren Sie, wie Sie eins werden und sich zu einer Ganzheit zusammenfügen.

Arbeitsblatt

Hier einige Empfehlungen, wie Sie weiterhin mit Ihren Widersacherinnen umgehen können:

1. Antworten Sie mit Ihrer inneren Fürsprecherin, sobald Sie merken, daß eine Ihrer Widersacherinnen in Aktion tritt.
2. Unterhalten Sie sich täglich mit Ihren Widersacherinnen.
3. Schreiben Sie jeder von ihnen einen Brief.
4. Lassen Sie jede von ihnen mit einem Brief antworten.
5. Welche Ihrer Widersacherinnen spielt bei Ihrer persönlichen Geschichte die Hauptrolle? Welche ist am schwierigsten zu besänftigen?
6. Stellen Sie sich vor, all Ihre Subindividuen würden sich zusammensetzen und nach kreativen Lösungen suchen. Inwieweit könnte Ihre innere Fürsprecherin zur Schlichtung des Streits beitragen? Wie müßte eine Übereinkunft, bei der Ihr Körper als Sieger hervorgeht, aussehen? Versuchen Sie, durch Kräftebündelung Synergieeffekte zu erzielen, um Ihrem Ziel der Ganzheit ein Stück näher zu kommen.
7. Achten Sie auf eventuelle weitere Widersacherinnen, die Ihren Kampf zwischen Körper und Seele beeinflussen, sowie auf andere typische Verhaltensmuster. Ihre neuen Widersacherinnen sind möglicherweise Ableger der vier Hauptgegnerinnen.

Zum Nach- und Weiterdenken

Es ist äußerst wichtig, daß Sie all Ihre inneren Stimmen kennen, weil diese sich ständig zu Wort melden und sämtliche Entscheidungen mit beeinflussen. Inzwischen sind Ihnen diese Stimmen allerdings schon so vertraut, daß Sie sich ihrer Anwesenheit meist gar nicht bewußt sind. Mit Hilfe dieser Übung sollen Sie in diesem inneren Durcheinander Ihre Subindividuen kennenlernen, die den Kampf gegen Ihren Körper und vielleicht noch weitere Persönlichkeitsmerkmale maßgeblich mitbestimmen. Wenn Sie sie kennen, können Sie sie »in flagranti« erwischen. Sobald Sie sich selbst auf diese negative und destruktive Weise sprechen hören, haben Sie also die Möglichkeit einzugreifen: Sie unterbrechen den Kreislauf, indem Sie von Ihrer Mitte aus antworten. Sobald Sie die Gründe für das Verhalten Ihrer Widersacherinnen kennen, können Sie ohne aggressive Selbstbestrafung reagieren. Barbara stellte fest, daß ihre innere Kritikerin eigentlich nur versuchte, ihr Potential am effizientesten auszuschöpfen. Also machte sie sich diesen Wunsch nach Perfektion zu eigen und brachte ihrer Kritikerin bei, zunächst auf ihre positiven Eigenschaften zu achten und sich nicht immer nur auf Fehlleistungen zu konzentrieren. In dem Maße, wie ihre Kritikerin verstummte, hatte ihre innere Rebellin weniger Grund, sich durch trotzige Freßanfälle und Unschlüssigkeit aufzulehnen. Schließlich hörte Barbara auch auf ihr inneres Opfer und bekam so einen Zugang zu ihren eigentlichen Bedürfnissen.

Möglicherweise fühlen Sie sich nach dieser Übung in mehrere Stücke zerteilt. Das ist ganz normal. Bislang war Ihnen vermutlich nicht klar, wie viele verschiedene Anteile seit langer, langer Zeit in Ihnen wohnen; nun verfügen Sie über einen besseren Überblick. Vielleicht wissen Sie aber nicht, wie Sie in Ihrem Inneren aufräumen können, um irgendwann Ihr Ziel der Ganzheit zu erreichen. Genau hier kommt Ihre innere Fürsprecherin ins Spiel: Je besser Sie Ihre Widersacherinnen kennen, desto eher bringen Sie diese ungleichen Elemente miteinander in Einklang. Ihre innere Fürsprecherin weiß, was Sie wollen, was Sie brauchen und was gut für Sie ist; allerdings wird sie im Augenblick noch von Ihren Widersacherinnen überstimmt. In den kommenden Jahren besteht Ihre Aufgabe unter anderem darin, diese unausgereifte Stimme in Ihnen zu kräftigen. Besinnen Sie sich stärker auf Ihre innere Mitte; dann nehmen Sie Ihr Leben allmählich selbst in die Hand und lassen sich nicht mehr von Ihren Widersacherinnen hin- und herschubsen.

»Halt«, denken Sie jetzt vielleicht, »diese Widersacherinnen sollen wirklich alle zu mir gehören?« Ganz richtig. Sie stehen für Ihre unterschiedlichen Rollen, Ihre Gefühlspalette sowie für Verhaltensweisen und Ansichten, die Sie unkritisch übernommen und mit der Zeit verinnerlicht haben. Sie repräsentieren eher die untergeordneten Aspekte Ihres Wesens, während Ihre innere Fürsprecherin direkt mit Ihrem wahren Kern verbunden ist. Dieser braucht eine lautstarke Stimme, um in der heutigen Welt zu bestehen. Sehen Sie den Tatsachen ins Auge: Die Arbeit mit diesem Buch ist für die meisten von Ihnen lediglich ein Anfang. Herausforderungen begegnen Ihnen nämlich überall – Sie brauchen nur Ihre Familie zu besuchen, den Fernseher einzuschalten oder eine Zeitschrift aufzuschlagen. Betrachten Sie diese Herausforderungen doch einfach als willkommene Chance, um Ihre innere Stimme zu stärken und weiterzuentwickeln. Sie versetzt Sie in die Lage, gängige Werte in Frage zu stellen und sich gegenüber Ihren inneren Widersacherinnen, Ihren Eltern, Ihren Freundinnen und Freunden und auch gegenüber der »heilen Welt« der Werbespots zu behaupten – und vieles andere mehr.

Ein wertvoller Lernerfolg dieses Prozesses besteht darin, daß Sie Ihren inneren Dialog ehrlich und konstruktiv gestalten. Da Sie ohnehin ständig Selbstgespräche führen, sollten Sie dies mit Respekt tun. Die barschen Ansichten Ihrer Widersacherinnen über Sie und Ihren Körper lassen Sie immer wieder ins Wanken geraten oder aufbegehren. Ihre neue innere Haltung dagegen ist vertrauensvoll, fürsorglich, großzügig und einfühlsam. Nur wenn Sie sich auf diese Weise mit Ihrem Körper verständigen, dürfen Sie jemals hoffen, mit ihm Frieden zu schließen.

Leitfragen

1. An welchen Körperteilen üben Sie am häufigsten Kritik? Stellen Sie eine Rangordnung auf.
2. Welche Ihrer Körperteile haben das größte Bedürfnis nach Liebe und Aufmerksamkeit?

Übung 16: Ein Gespräch mit Ihrem Körper

Die folgende Übung besteht aus zwei Teilen. Bitte führen Sie beide nacheinander durch, und zwar mit möglichst vielen Körperteilen.

Teil 1

1. Setzen Sie sich bequem hin, schließen Sie die Augen und entspannen Sie sich.
2. Suchen Sie sich einen ungeliebten Körperteil aus, den Sie besonders verurteilen oder vernachlässigen.
3. Schauen Sie sich diesen Körperteil mit Ihrem inneren Auge einmal genau an. Achten Sie dabei auf Ihre Gefühle. Welche typischen Gedanken kommen Ihnen in den Sinn?
4. Sprechen Sie diesen Körperteil direkt an. Drücken Sie ganz unverhohlen all Ihre Gedanken und Gefühle aus, ohne sie zu bewerten.
5. Werden Sie nun zu diesem Teil Ihres Körpers. Identifizieren Sie sich mit ihm. Wie fühlt es sich an, so angesprochen zu werden? ... Antworten Sie an seiner Stelle. ...

Arbeitsblatt

1. Mit welchem Körperteil haben Sie gesprochen?
2. Welche Botschaften erhält er normalerweise von Ihnen? Berücksichtigen Sie Inhalt, Unterton und Grundhaltung.
3. Was haben Sie durch die Identifizierung mit diesem Körperteil erfahren? Wie lautete seine Antwort?
4. Wie oft sprechen Sie auf diese Weise mit Ihrem Körper?

Teil 2

1. Entspannen Sie sich wieder.
2. Richten Sie Ihre gesamte Aufmerksamkeit auf diesen Körperteil. Erleben Sie diesen Teil Ihrer selbst wortlos – bleiben Sie einfach mit ihm in Verbindung. ... Stellen sich dabei ganz von allein Bilder, Erinnerungen oder Assoziationen ein? ... Welche Gefühle nehmen Sie wahr? ...
3. Fragen Sie diesen Körperteil, ob er etwas wissen oder Ihnen etwas sagen möchte. ... Achten Sie auf Ihre Reaktion. ...
4. Sagen Sie ihm, was er für Sie bedeutet. Zeigen Sie dabei ruhig Ihre Gefühle. Welche Antwort erhalten Sie? ...
5. Fragen Sie: »Wie geht es dir mit der Art und Weise, wie ich dich behandle?« ... Wie reagieren Sie auf seine Antwort? Erwidern Sie etwas, ohne Ihre Emotionen zurückzuhalten. ...
6. Fragen Sie: »Was brauchst du von mir an Liebe und Zuneigung?« und »Wie können wir uns miteinander anfreunden?«
7. Fragen Sie ihn, welche Kommunikationsform er sich mit Ihnen vorstellen kann.
8. Fragen Sie ihn, was er sonst noch von Ihnen braucht. ... Sind Sie bereit, ihm das zu geben? ... Wenn nicht, was hält Sie davon ab? ...
9. Fahren Sie mit dem Gespräch fort, bis Sie sich auf eine künftige Umgangsform einigen, die Ihrer Ganzheit zugute kommt. Lassen Sie sich dafür genügend Zeit.

Arbeitsblatt

1. Mit welchem Teil von Ihnen haben Sie sich beschäftigt?
2. Was haben Sie erfahren über sein Wesen, seine Reaktion auf Ihr Verhalten, die Art und Weise, wie Sie ihm Ihre Zuneigung bekunden könnten und so weiter?
3. Beschreiben Sie das Ergebnis Ihrer Unterhaltung.
4. An welcher Stelle kamen Sie nicht weiter?
5. Anmerkungen

Zum Nach- und Weiterdenken

Diese Übung zeigt Ihnen, wie Sie Ihren Körper behandeln, ob Sie ihn – wie einige das tun – regelrecht mit giftigen Gedanken überschwemmen. Nur wenn Sie sich Ihres Verhaltens bewußt sind, können Sie es auch ändern. Darüber hinaus erfahren Sie durch diese Arbeit, wie sich Ihr alltägliches Verhalten auf Ihren Körper auswirkt, und zwar von *seinem* Standpunkt aus gesehen. Damit ebnen Sie den Weg für eine positive und konstruktive Verständigung zwischen Ihnen und Ihrem Körper.

Ihr Körper ist hochsensibel und imstande, Sie vieles zu lehren – sofern er eine Stimme bekommt. Zunächst einmal kann er Ihnen mitteilen, wie er behandelt werden möchte. Später, wenn Sie ihm stärker vertrauen und eher bereit sind, ihm zuzuhören, kann er Ihnen Wichtiges über seine Bedürfnisse, Neigungen und Abneigungen verraten. Hören Sie auf ihn! Dann wissen Sie, wann Sie Hunger haben, was Sie gern essen möchten, wann Sie satt sind, welcher Sport Ihnen guttut, wann Sie müde sind, wann Sie sich krank fühlen, wann Sie unter Streß stehen und vieles mehr. Ihr Körper verfügt über eine Fülle nützlicher Informationen. Ist Ihre Verständigung jedoch aufgrund Ihrer Negativhaltung einseitig geprägt, gehen all diese wertvollen Hinweise verloren.

Jeanne unterhielt sich beispielsweise mit ihrem dicken Bauch. Er erzählte ihr, wie schlecht es ihm immer ging, wenn sie ihn mit Fast food vollstopfte. Seiner Meinung nach wäre er gar nicht so dick, wenn Jeanne sich vernünftig ernähren und auf ihre Gefühle achten würde. Ihr Bauch fühlte sich ungerecht behandelt und schlug Jeanne vor, doch zur Abwechslung einmal selbst die Verantwortung zu übernehmen, anstatt ständig alles auf ihn zu schieben.

Zwischen Körper und Seele läßt sich nur dann eine konstruktive Verständigung aufbauen, wenn wir sanfter und einfühlsamer mit unserem Körper reden. Auch wenn er unseren Erwartungen nicht entspricht, dürfen wir ihn mögen. Früher äußerte ich mich stets abfällig über meine Beine; heute sehe ich zwar dieselben Beine vor mir, nehme ihnen gegenüber aber eine ganz andere Haltung ein. Mir ist klar, daß sie mir niemals den ersten Preis in einem Schönheitswettbewerb einbringen werden, aber sie sind robust und stark und äußerst brauchbar. Sie leisten mir gute Dienste, wofür ich ihnen dankbar bin. Natürlich wären sie attraktiver, wenn ich ein paar Kilo abnehmen und ein Trainingsprogramm absolvieren würde – das ist mir völlig klar. Im Augenblick lege ich zwar keinen Wert darauf, aber vielleicht möchte ich ja später einmal etwas an meinem Äußeren ändern. Dann kann ich mich dieser Aufgabe mit einer positiven, liebevollen Grundhaltung widmen, weil ich mich selbst mag und mich nicht verurteile. Das ist die einzige Einstellung, die auf Dauer zu erfolgversprechenden Veränderungen führt. Mein Körper und ich werden zusammenarbeiten. Wenn ich mich aber dafür entscheide, meine Beine genau so zu lassen, ist das auch in Ordnung. Denn schließlich bestehe ich nicht nur aus meinen Beinen! Ich besitze zwar einen Körper, aber zu meinem Wesen gehört noch viel, viel mehr. Ich mag mich. Ich entscheide mich dafür, liebevoll zu mir zu sein, weil ich diese Behandlung verdiene.

Ich gehe mit meinem Körper sanft um, weil Bestrafungen ihm nur schaden. Wenn Kinder ständig gemaßregelt werden, entwickeln sie Verhaltensstörungen. Meine Mißbilligung gegenüber meinen Beinen hat zu keiner positiven, dauerhaften Veränderung geführt. Statt dessen entstand eine Zerrissenheit zwischen mir und meinem Körper, über die ich unglücklich war.

Führen Sie mit all Ihren ungeliebten Körperteilen solche Gespräche und bleiben Sie auch im Alltag mit ihnen in Kontakt. Achten Sie darauf, wann Sie abfällige Bemerkungen über Ihr Äußeres von sich geben. Sollten Sie sich dabei ertappen, haben Sie die Chance, eine neue Kommunikationsform auszuprobieren. Wie immer können Sie entscheiden, ob Sie alles beim alten lassen oder neue Verhaltensweisen annehmen möchten. Vielleicht sind Sie aber noch gar nicht bereit, Ihrem Körper liebevoll und einfühlsam zu begegnen. Was riskieren Sie eigentlich, wenn Sie Ihre Negativhaltung aufgeben? Untersuchen Sie doch einmal die Befürchtungen, die für Ihren Widerstand verantwortlich sind. Viele von uns gehen davon aus, daß dieser strenge Umgang mit uns selbst uns durchhalten läßt. Das Gegenteil ist richtig: Schikanen verursachen eine innere Zerrissenheit, die nur zu weiteren Kämpfen führt. Echte Verbundenheit zwischen Körper und Seele entsteht nur durch friedliche Kooperation. Arbeiten Sie an dieser Aufgabe, bis sie Ihnen ganz leicht und natürlich vorkommt. Ein größeres Geschenk können Sie sich wohl kaum machen.

Kommunizieren Sie mit Ihrem Körper über den »Postweg«. Dadurch behalten Sie einen Überblick über den Stand Ihrer Beziehung. Am besten wiederholen Sie die folgende Übung hin und wieder, sowohl während Ihrer Arbeit mit diesem Buch als auch danach – wann immer Sie sich einen direkten Zugang zu Ihrem Körper verschaffen möchten.

Übung 17: Post

1. Schreiben Sie Ihrem Körper einen Brief.
2. Lassen Sie Ihren Körper mit einem Brief antworten.

Zum Nach- und Weiterdenken

Hier ein paar Höhepunkte aus Carlas Brief:

»Lieber Körper,
es tut mir leid. ... Du dienst einer Frau, die ganz in ihren Gefühlen und ihrem Kopf lebt und ihre ganze Unzufriedenheit an Dir ausläßt. Wenn ich mir Sorgen mache, gestreßt bin oder zuviel arbeite, behandle ich Dich ganz schlecht: Ich esse zuviel, fange an zu rauchen, treibe keinen Sport, putze mir nicht die Zähne und lasse mich total hängen. ... Du bist so ein toller Körper – gesund, stark und durchaus attraktiv. ... Ich sorge nicht gut für Dich. ... Ich benutze Dich, um mich zu bestrafen. Dabei leistest Du mir so gute Dienste. Allmählich begreife ich, wie sehr ich Dich mag und wie wichtig Du mir bist.

Ich mache Dich unattraktiv und hindere Dich daran, Dein Bestes zu geben. Das tut mir leid. Ich mag und schätze Dich wirklich, obwohl ich Dich oft gern anders hätte. Aber eigentlich wünsche ich mir, daß ich mich mit meinem Inneren besser fühlen würde und nicht mit deinem Äußeren. Ich arbeite an meinem Inneren. Glaub mir, mit der Zeit werde ich mein Inneres lieben lernen, und dann muß ich Dich nicht mehr so schlecht behandeln ... Ein Teil von mir hat Dich nämlich sehr gern. An dem anderen Teil arbeite ich ... Bitte hab noch etwas Geduld ...

Deine Carla«

»Liebe Carla!
Hi! Ich weiß, daß Du gerade eine harte Zeit durchmachst. Aber es wird schon besser, schließlich machst du ständig Fortschritte. Ich weiß, daß Du es nicht leicht hast und Deine Unzufriedenheit an mir ausläßt. Aber ich bin stark, ich halte das aus. Wir schaffen das schon, Süße, glaub mir. Wir ergänzen uns doch immer besser – inzwischen akzeptierst Du ja schon deine weiblichen Anteile, Deine Tüchtigkeit, Deine Sexualität und Deine Verletzlichkeit. Du weißt, daß Du mir weh tust. Das brauche ich Dir nicht zu sagen. Aber ich merke, daß Du Dich bemühst, und das allein zählt. Bleib dran, wir schaffen es! Natürlich wirst Du niemals so aussehen wie dieses doofe Ideal, das Dir mal mit 16 Jahren vorgeschwebt hat, aber das strebst Du ja im Grunde gar nicht mehr an. Du möchtest Du sein und Dich mögen – in Deiner Unvollkommenheit. Behandle mich gut, Schätzchen, auch ich werde mir alle Mühe geben. Eigentlich bin ich nämlich Dein bester Freund. Paß auf uns auf – auf all unsere Teile.

Ciao,
Dein Körper«

Die Fortschritte in der Beziehung zwischen Carla und ihrem Körper, die zunehmende Sympathie und das immer tiefer werdende Verständnis füreinander spiegeln sich in diesen Briefen deutlich wider. Offensichtlich haben beide ein gemeinsames Ziel vor Augen. Erst durch diesen Brief erfuhr Carla, wie positiv ihr Körper ihr eigentlich gegenübersteht.

Öffnen Sie sich gegenüber Ihrer inneren Stimme. Lassen Sie sich bei Ihrer Suche nach dem Heimweg von ihr behilflich sein.

11 Mentale Gymnastik

Wenn Sie die Übungen in den vergangenen zehn Kapiteln gewissenhaft durchgeführt haben, fällt Ihnen die imaginative Arbeit inzwischen vermutlich so leicht, daß Sie sich ohne weiteres von einer imaginären Ebene in eine andere versetzen können. Im folgenden lernen Sie, sich in eine Vielfalt unterschiedlicher Körperwahrnehmungen einzufühlen, und erforschen dabei unterschiedliche Dimensionen wie Größe, Form, Beschaffenheit und Proportion. Ihr Körperbild ist formbar: Es hat in Ihrem Leben bereits viele Veränderungen erfahren und läßt sich auf Wunsch jetzt, in diesem Augenblick, verwandeln. Ihre derzeitige Einstellung zu Ihrem Körper bleibt nicht bis in alle Ewigkeit bestehen, wenn Sie sich anderweitig entscheiden. Welche Möglichkeiten stehen Ihnen offen?

Übung 18: Die rosa Pille macht mich schwer

1. Setzen Sie sich bequem hin, schließen Sie die Augen und entspannen Sie sich.
2. Stellen Sie sich vor, neben Ihnen steht eine kleine Flasche mit lauter bunten Pillen. Auf dem Etikett steht: »Zauberpillen.

Nach Vorschrift eingenommen, erleben Sie Ihren Körper einmal anders: groß und klein, dick und dünn, schwer und leicht, ja sogar alt und jung.«

3. Nehmen Sie eine rosa Pille ein, die ganz allmählich ihre Wirkung entfaltet: Ihr Körper wird immer schwerer. Sie haben das Gefühl, als würde jemand mehrere dicke Decken über Ihnen ausbreiten, eine nach der anderen ... Ihr Körper wird angenehm schwer, bis Sie sich irgendwann gar nicht mehr rühren können. ... Sie müssen nichts tun. Geben Sie sich ganz Ihrer eigenen Schwerkraft hin. ... Versuchen Sie, einen Arm zu heben. Was für eine Anstrengung! ... Können Sie andere Körperteile anheben? ...

4. Strecken Sie nun unter Aufbietung all Ihrer Kräfte den Arm aus und holen Sie sich eine grüne Pille aus der Flasche. ... Nehmen Sie sie ein und warten Sie auf die Wirkung. ...

5. Nach und nach werden die imaginären Decken wieder entfernt, und Ihr Körper fühlt sich immer leichter an. ... Bald erreichen Sie wieder Ihr normales Gewicht, aber der Prozeß geht weiter. ... Jetzt wiegen Sie kaum noch etwas. Ihr Körper ist ganz durchlässig geworden. Sie schweben förmlich. Wie fühlt sich diese Leichtigkeit an? ... Was mögen Sie an diesem Gefühl? ... Was nicht? ...

6. Doch allmählich läßt die Wirkung der Pille nach, und Sie erreichen schrittweise wieder Ihr normales Gewicht. ... Wie ist es für Sie, wieder zu Ihrer normalen Figur zurückzukehren?

7. Nehmen Sie jetzt eine blaue Pille aus der Flasche ein. Nach einer Weile werden Sie immer kleiner. ... Jetzt sind Sie nur noch 1,20 Meter groß. ... Jetzt nur noch 90 Zentimeter. ... Dann 60 Zentimeter. ... Machen Sie bei 15 Zentimetern halt und sehen Sie sich um. ... Wie erleben Sie die Welt mit dieser Größe? ... Was gefällt Ihnen? Was nicht? Doch schon fangen Sie wieder an zu wachsen und werden immer größer. ... Halten Sie bei Ihrer normalen Größe an. Wie fühlen Sie sich?

8. Schlucken Sie nun eine rote Pille. ... Sie werden größer. ... Jetzt sind Sie schon 1,80 Meter groß ... und nun bereits mehr als zwei Meter. ... Sie stoßen an die Zimmerdecke. ... Jetzt sind Sie riesig. ... Haushoch. ... Stark. ... Wie fühlen Sie sich mit die-

ser Größe? ... Gehen Sie ein wenig umher und spüren Sie Ihren Körper in Bewegung. ... Was mögen Sie an ihm? Was nicht? Jetzt schrumpfen Sie langsam wieder. ... Sie werden immer kleiner, bis Sie bei Ihrer normalen Körpergröße ankommen. Machen Sie einen Augenblick Pause und spüren Sie nach, wie Sie sich mit Ihrer normalen Größe fühlen. ...

9. Nehmen Sie nun eine gelbe Pille ein. Sie versetzt Sie in die Lage, alles mögliche an Ihrem Körper zu verändern. Erproben Sie einige der folgenden Variationen und achten Sie dabei auf mögliche Veränderungen in Ihrer Bewegung, Ihrer Körperhaltung, Ihrem Körpergefühl, Ihrem Gesamtempfinden und so weiter. ...
- Große Brüste, schmale Hüften, kleiner Po
- kleine Brüste, breite Hüften, großer Po
- klein und zierlich
- groß und schlank
- muskulös, athletischer Körperbau
- sehr mager
- sehr dick.

10. Experimentieren Sie schließlich noch nach Belieben weiter. Wie wäre es, in so einem konstruierten Körper zu leben? ...

11. Kehren Sie nun zu Ihrem wirklichen Körper zurück. Wie fühlen Sie sich?

Arbeitsblatt

1. Welche Veränderung an Ihrem Körper fiel Ihnen am leichtesten?
2. Welche war am schwersten?
3. Haben Sie eine besondere Beobachtung oder Entdeckung gemacht, als Sie Ihr Körperbild bewußt veränderten?
4. Wie geht es Ihnen mit Ihren selbstersonnenen Veränderungen (Schritt Nr. 10)?
5. Spüren Sie, inwieweit Sie Ihr Körperbild bewußt steuern können?
6. Anmerkungen.

Zum Nach- und Weiterdenken

Diese mentale Gymnastik vermittelt Ihnen ein Gefühl dafür, inwieweit Sie zur Steuerung Ihres Körperempfindens imstande sind. Wenn Sie lernen, Ihr Körperbild bewußt zu verändern, können Sie den Status quo verlassen und sich für ein Leben mit einer positiven Selbstwahrnehmung entscheiden.

Ihr Körperbild ist mit Ihrem tatsächlichen Äußeren keineswegs identisch. Die meisten Leserinnen dieses Buches tragen ein verzerrtes Körperbild mit sich herum, das mit der Wirklichkeit wenig oder gar nichts zu tun hat. Gewiß wollen Sie irgendwann einmal ein realistisches Körperbild entwickeln. Aber warum profitieren Sie nicht schon jetzt von wohltuenden Bildern? Vielleicht kommen Sie sich zu klein und gedrungen vor; dann erlauben Sie sich doch einfach die Vorstellung, größer zu sein. Fühlt sich Ihr Körper bleischwer an, sollten Sie sich auf Ihre innere Leichtigkeit konzentrieren. Sie sind ja schließlich in der Lage, sich in alle möglichen angenehmen Körperempfindungen hineinzuversetzen – warum sollten Sie sich also von einem Körperbild einsperren lassen, das Ihnen wehtut?

Diese Übung macht Sie flexibler. Je weniger Schwierigkeiten Ihnen das Wechseln zwischen den einzelnen Bewußtseinsebenen bereitet, desto lockerer werden Sie. Mit geistiger Flexibilität lassen sich negative Muster, die Körper, Seele und Verhalten bestimmen, auflösen und verändern. Greta stellte fest: »Meine Selbstwahrnehmung ist ganz durcheinander geraten. Ich weiß überhaupt nicht mehr, wie ich wirklich aussehe.« Erst wenn wir einige unserer vermeintlichen Kenntnisse in Frage stellen, ebnen wir den Weg für Veränderungen.

Indem wir uns auf Experimente einlassen und unterschiedliche Möglichkeiten ausprobieren, überwinden wir hinderliche Muster. Marie drückte das folgendermaßen aus:

»Es war ein unbeschreibliches Gefühl, mit meinem Körperbild zu ›spielen‹. Ich hatte so viele unterschiedliche Bilder von mir vor Augen – nicht nur dieses eine negative, das mir vor langer Zeit eingepflanzt worden ist.«

Wichtige Informationen liefern Ihnen auch Ihre Reaktionen auf bestimmte körperliche Erlebnisse. Beispielsweise stellte Carol fest, daß es ihr mit den Extremen – mager, riesig und so weiter – nicht gut ging. Sie lösten in ihr ein Gefühl der Entfremdung und Isolierung aus. Folglich setzte sie sich mit einem durchschnittlichen, nicht weiter auffälligen Äußeren auseinander. Am meisten Schwierigkeiten bereiten Ihnen im allgemeinen die Veränderungen, die am dringendsten anstehen. Am besten experimentieren Sie daher so lange mit dieser Übung, bis Sie sich ohne weiteres in die unterschiedlichen Ebenen hineinfühlen können.

Nach dieser Visualisierung berichteten interessanterweise viele Frauen, wenn auch nicht alle, sie seien mit großer Erleichterung und Zufriedenheit in ihren wirklichen Körper zurückgekehrt. Viele der vermeintlich wünschenswerten Figuren hatten sich doch als problematischer herausgestellt als angenommen. Zu Hause war es dann doch gar nicht so schlecht.

Übung 19: Bewegungsmuster

Die folgende Übung besteht aus drei Teilen: Nehmen Sie sich Teil 1 sofort vor; mit den Teilen 2 und 3 sollten Sie sich mindestens eine Woche lang täglich einmal beschäftigen. Am besten planen Sie sie in Ihren Alltag ein. Dann können Sie die Ergebnisse gleich umsetzen.

Teil 1: Bewegungsmuster

1. Stehen Sie auf, schließen Sie die Augen und richten Sie Ihre ganze Aufmerksamkeit nach innen. ... Wie fühlen Sie sich im Augenblick in Ihrem Körper? ...
2. Was würden Sie Ihrer Meinung nach einer zufällig anwesenden Person durch Ihre Körperhaltung mitteilen?
3. Öffnen Sie die Augen und gehen Sie ein wenig im Zimmer umher. ... Welche Botschaften vermittelt Ihr Körper durch seine Bewegungen? ... Welche inneren Einstellungen bringen Sie

durch ihn zum Ausdruck? ... Was teilen Sie anderen Menschen durch Ihre Körpersprache über Ihre Haltung zu sich selbst mit? ...

4. Nun sollen Sie herausfinden, wie bestimmte Gefühle durch Ihre Bewegungen zum Ausdruck kommen. Erinnern Sie sich dazu nacheinander an Situationen, in denen die im folgenden aufgeführten Gefühlszustände vorherrschten. Konzentrieren Sie sich so lange, bis Ihnen das jeweilige Gefühl ganz präsent ist, und versuchen Sie dann, es in Ihren Gang einzubeziehen. Inwieweit beeinflußt es Ihre Bewegungen? Achten Sie bei jeder Situation darauf, welche Körperhaltungen Ihnen besonders vertraut erscheinen: Das sind vermutlich die Gefühle, die Sie gewöhnlich mit Ihrer Körpersprache ausdrücken. Lassen Sie das jeweilige Gefühl nach jedem Durchgang los und gehen Sie eine Zeitlang normal umher. Widmen Sie sich dann erst dem nächsten Gefühl.

- Sämtliche Eigenschaften, die Sie in Übung 13, Mäntel der Identität (siehe Seite 118), herausfanden.
- Wut
- Scham
- Stolz
- Angst
- Trauer
- das Gefühl der Häßlichkeit
- das Gefühl des Ungenügens
- der Wunsch, sich zu verkriechen.

6. Treten Sie wieder mit Ihrem Körper in Kontakt, während Sie umhergehen. ... Welche Elemente finden sich in Ihrer Körpersprache wieder? Wie lauten die Botschaften, die Sie bei Ihrem Gang durchs Leben ausdrücken? ...

7. Versuchen Sie es nun mit ein paar neuen inneren Haltungen. Im folgenden Abschnitt stehen mehrere Aussagen, denen Sie sich nacheinander widmen sollten. Lassen Sie jeden Satz eine Weile auf sich wirken und nehmen Sie ihn dann in Ihre Körperhaltung auf. Gehen Sie umher, als würde er wirklich auf Sie zutreffen.

– Wie bewegen Sie sich mit dieser Einstellung? Wie fühlen Sie sich dabei?
– Welche Körpersprache geht mit dieser Einstellung einher?
– Was gefällt Ihnen daran?
– Fällt es Ihnen schwer, diese Einstellung zu übernehmen?
– Was macht Ihnen angst?
– Wie würden andere Menschen Ihrer Meinung nach auf Sie reagieren?

Lassen Sie jede Einstellung langsam los und achten Sie dabei auf Ihre Gefühle und Bewegungen. Kehren Sie erst dann zu Ihrer üblichen Haltung zurück.

Aussagen

1. »Ich bin so, wie ich bin, völlig in Ordnung.«
2. »Ich bin innerlich und äußerlich eine schöne Frau, und ich bin mir dessen bewußt.«
3. »Ich habe einen Zugang zu meiner Sexualität, meiner Weiblichkeit, und ich bin stolz auf sie.«
4. »Ich mag mich und fühle mich in meinem Körper wohl.«
5. »Ich trete dem Leben und meiner Umwelt offen gegenüber.«

8. Lassen Sie sich für den folgenden Schritt genug Zeit. Denken Sie sich eine *Affirmation,* eine positive Aussage, aus. Sie soll alle Eigenschaften und Einstellungen zum Ausdruck bringen, die Sie gern in Ihr Leben einbeziehen würden; lassen Sie sich dabei von Ihren bisherigen Erfahrungen inspirieren. Stellen Sie sich vor, wie Ihr Körper der Welt diese Affirmation verkündet! Formulieren Sie sie: »Ich, ... , bin ...«
9. Machen Sie daraus eine *Bewegungsaffirmation,* indem Sie umhergehen und sich ganz auf Ihre Aussage konzentrieren. ... Wie reagiert Ihr Körper? Achten Sie auf körperliche Empfindungen, Impulse, Gefühle, Bewegungsmuster und den Gesichtsausdruck. ...
10. Wie geht es Ihnen? ... Welche Gefühle haben Sie in bezug auf Ihre Umgebung? ...

11. Behalten Sie diese Gefühle in Erinnerung und lassen Sie sie nun in Ihre rechte beziehungsweise linke Hand fließen (je nachdem, ob Sie Rechts- oder Linkshänderin sind). ... Schließen Sie diese Gefühle in Ihrer Hand ein. ... Um einen Zugang zu Ihrem positiven Körperbild zu bekommen, müssen Sie lediglich diese Hand drücken.
12. Wechseln Sie beim Umhergehen etwa jede halbe Minute zwischen Ihrem normalen Gang, der Ihr normales Körpergefühl widerspiegelt, und Ihrer Bewegungsaffirmation hin und her. Achten Sie besonders auf den jeweiligen Wendepunkt. Stellen Sie in Ihrem Körperempfinden und Ihrem Selbstbild einen Unterschied fest? ...
13. Setzen Sie sich ruhig hin, schließen Sie die Augen und stellen Sie sich vor, Sie würden schlafen. Nun klingelt Ihr Wecker. Sie erwachen mit Ihrer Bewegungsaffirmation, Ihrem neuen, positiven Körperbild. Erleben Sie Ihren Tagesablauf langsam und schrittweise. Bleiben Sie dabei stets in Kontakt zu Ihren Gefühlen und inneren Einstellungen. Wie gehen Sie mit anderen Menschen um, und wie reagieren diese auf Sie? ... Welche Risiken gehen Sie bereitwillig ein, welche nicht? ... Was genießen Sie an diesem neuen Dasein in Ihrem Körper? Was macht Ihnen angst? ... Lassen Sie sich für diesen Prozeß genug Zeit.

Arbeitsblatt

1. Welche Botschaften vermitteln Sie gegenwärtig durch Ihre Körpersprache?
2. Welche Gefühle und Einstellungen gehören zu Ihren üblichen Haltungs- und Bewegungsmustern? In welchen Körperteilen sind sie vorhanden? (Beispiel: »Die Scham befindet sich in meinen hängenden Schultern« oder »Wenn ich mich verstecken möchte, schlage ich die Augen nieder«)
3. Wie haben Sie auf Ihre Bewegungsaffirmation reagiert? Haben Sie Neues erfahren? Waren Sie überrascht?
4. Wie lautet Ihre Bewegungsaffirmation? ... Was hat sie mit

Veränderungen in Ihrem Körper, Ihrer Einstellung und Ihrem Verhalten zu tun?
5. Hält Sie etwas davon ab, Ihre Bewegungsaffirmation tatsächlich zu übernehmen? Wenn ja, was ist es?
6. Anmerkungen.

Teil 2: Affirmationen vor dem Spiegel

1. Stellen Sie sich täglich zweimal vor den Spiegel, sowohl nach dem Aufstehen als auch vor dem Schlafengehen. Üben Sie Ihre Affirmation folgendermaßen:
- Teilen Sie Ihren Spiegel gedanklich in eine rechte und eine linke Hälfte ein.
- Stellen Sie sich auf die rechte Seite und schauen Sie sich in die Augen. Sagen Sie sich Ihre Affirmation mit Überzeugung vor.
- Stellen Sie sich nun auf die linke Seite.
- Wie reagieren Sie auf Ihre Affirmation? Lassen Sie alle Gefühle zu und sprechen Sie sie Ihrem Spiegelbild gegenüber offen aus.
- Wiederholen Sie das Ganze fünfmal.

2. Vielleicht erscheint Ihnen das Üben Ihrer Affirmation vor dem Spiegel zu bedrohlich. Dann schreiben Sie sie am besten vorläufig auf, bis Sie sich vor den Spiegel wagen. Teilen Sie Ihr Blatt Papier in eine linke und eine rechte Hälfte ein, und schreiben Sie Ihre Affirmation fünfmal auf die linke Seite; auf die rechte kommen Ihre Reaktionen.
3. Behalten Sie Ihre Reaktionen im Auge. Sie stehen für Ihre inneren Widerstände, an denen Sie weiterhin arbeiten müssen.

Teil 3: Denken Sie sich schön!

1. Nehmen Sie sich mindestens einmal täglich eine Viertelstunde Zeit, um Ihre Affirmation in Ihr Leben einzubeziehen.
2. Behalten Sie Ihre Affirmation während dieser Zeitspanne (am besten jeden Tag eine andere) im Sinn, während Sie Ihren Alltag erleben.
3. Achten Sie auf Ihre Gefühle, Ihre Widerstände und die Reaktionen anderer Menschen.

Zum Nach- und Weiterdenken

Affirmationen können sehr heilsam sein. Sie wirken als Gegenmittel gegen die giftigen Botschaften, mit denen Sie sich täglich füttern, und funktionieren so: Indem Sie Ihre positiven Gedanken ständig wiederholen, sickern diese allmählich in Ihr Unterbewußtsein; dadurch werden Sie für diese Botschaften immer empfänglicher. Zu Beginn führen Sie die Übung vielleicht mechanisch durch, weil Sie die Aussagen nicht glauben. Aber mit der Zeit wird Ihr Widerstand schwächer. Sagen, schreiben und denken Sie Ihre Affirmationen mit voller Überzeugung, *auch wenn Sie sie noch nicht glauben*. Denn dann schicken Sie Ihrem Unterbewußtsein jedesmal eine entsprechende Botschaft. Und irgendwann wird Ihre Ausdauer belohnt.

Übrigens müssen Sie keineswegs bei Ihrer allerersten Affirmation bleiben. Vielleicht hat sie zum damaligen Zeitpunkt gestimmt, aber inzwischen sind Ihnen ganz andere Dinge wichtig. Seien Sie Weiterentwicklungen gegenüber offen. Diese Art der Selbsterfahrung ist eben ein äußerst dynamischer Prozeß.

Hier noch ein paar weitere Tips:

1. Achten Sie genau auf die Rückmeldungen, die Sie bekommen, wenn Sie *sich schön denken*. Möglicherweise fallen sie anders aus, als Sie das gern hätten. Dann müssen Sie Ihre Bewegungsaffirmation eventuell überdenken. Dazu ein Beispiel: Sobald eine meiner Kursteilnehmerinnen mit dem Gedanken »Ich, Joan, bin eine schöne Frau« die Straße entlangging, reagierten Männer auf sie mit anzüglichen Blicken und Bemerkungen. Dadurch wurden ihr zwei Dinge klar: Zum einen enthielt ihre Vorstellung von Schönheit eine sehr verführerische Komponente – und zum zweiten wollte sie sich nicht mit solchen sexualisierten Reaktionen abgeben. Also versuchte sie es mit weiteren Affirmationen, bis sie eine fand, die ihren Erwartungen eher entsprach.
2. Achten Sie darauf, wie Sie selbst auf Ihre Affirmation reagieren; vielleicht entwickeln Sie daraus wiederum neue Affirmationen. Kommen Ihnen beispielsweise immer wieder Sätze wie: »Ich bin nichts wert« in den Sinn, könnten Sie sich dazu eine Af-

firmation ausdenken, zum Beispiel: »Ich, Marcia, verdiene es, daß ich mir mit Wertschätzung begegne.« Arbeiten Sie einfach eine Weile mit dieser neuen Formulierung. Irgendwann sind Sie dann für Ihre ursprüngliche Affirmation bereit, oder Sie erkennen, was Sie zuvor noch tun müssen.

3. Sobald Ihnen eine Affirmation ganz leicht fällt und keine neuen Reaktionen mehr auslöst, sollten Sie sich einer neuen Herausforderung stellen. Suchen Sie sich eine Affirmation, durch die Sie einen neuen Aspekt Ihrer selbst erfahren.
4. Es ist übrigens sehr wichtig, daß Sie bei Ihren Affirmationen nur positive Begriffe verwenden, zum Beispiel: »Ich, Marcia, bin ein freundlicher, liebenswerter Mensch«, und nicht: »Ich, Marcia, bin weder gemein noch verletze ich die Gefühle anderer Menschen«.

Planen Sie Ihre Affirmationen so in Ihren Alltag ein, daß sie mit der Zeit so alltäglich werden wie Zähneputzen. Für dauerhafte Veränderungen hat sich die Affirmation als ein äußerst effektives psychologisches Werkzeug erwiesen. Wer bereit ist, sie zu einem wichtigen Bestandteil des eigenen Tagesablaufs zu machen, erzielt damit häufig einen grundlegenden inneren Wandel. Sind Sie dafür bereit?

Arbeitsblatt

1. Schreiben Sie alle Blockaden und Widerstände gegenüber Verhaltensänderungen auf, die bei diesen Übungen aufgetreten sind. Ergänzen Sie diese Liste bei Bedarf.
2. Schreiben Sie Affirmationen auf, die Sie gern glauben würden. Mit ihnen werden Sie später arbeiten.

Bewegungsformen

Damit Sie sich in Ihrem Körper wirklich zu Hause fühlen, müssen Sie in Ihrem Inneren gründlich aufräumen. Zudem sind neue kinästhetische Empfindungen erforderlich, durch die Sie

Ihren Körper als eine bewegliche, atmende und gut funktionierende Einheit erleben.

In meine Workshops lasse ich das Element »Bewußtheit durch Bewegung« aus der Feldenkrais-Methode einfließen. Es unterstützt die Teilnehmerinnen dabei, neue Bewegungsmuster und eine andere Form des Zusammenspiels zwischen Körper und Seele zu erlernen. Ich habe festgestellt, daß dies eine angemessene und höchst effektive Lernform für Menschen ist, die sich in ihrem Körper mehr zu Hause fühlen möchten.

Bei der Methode »Bewußtheit durch Bewegung« wird eine Abfolge langsamer, kleiner Bewegungen über verbale Anweisungen angeleitet. Die Teilnehmerinnen und Teilnehmer erleben bestimmte Situationen und lernen, mit *Bewußtheit* in ihrem Körper zu sein. Die Bewegungen sind nicht richtig oder falsch; vielmehr müssen Sie selbst herausfinden, was Ihrem Körper guttut. Vergleiche, Rivalitäten und Bewertungen haben hier keinen Platz. Sie machen nichts nach, sondern entdecken Ihre ganz persönliche Bewegungsform. Diese Erfahrung läßt sich mit dem Lernen des Babys vergleichen, das schrittweise seine Körperfunktionen erforscht – auf eine spielerische, fröhliche Art.

Mit Hilfe der Feldenkrais-Methode fühlen Sie sich mit der Zeit nicht nur stärker in Ihrem Körper verwurzelt; Sie erleben Ihre Bewegungen auch fließender und anmutiger. Diese neue Leichtigkeit, die mit einem intensiveren kinästhetischen Empfinden gekoppelt ist, führt dazu, daß Sie Ihren Körper viel genauer wahrnehmen.

Für mich war die Arbeit nach Feldenkrais ein entscheidender Bestandteil bei meinem Kampf um ein neues Körperbild. Sie brachte mir eine neue Wertschätzung für das Funktionieren meines Körpers bei, indem ich mein Bewegungspotential auf eine sanfte und spielerische Art erforschte. Durch meine veränderte Körperwahrnehmung gewöhnte ich mir eine bessere Haltung und andere Bewegungsmuster an, die mich schließlich von meinen chronischen Rückenschmerzen befreiten. Der wesentlichste Erfolg bestand allerdings darin, daß ich mich heute in meinem Körper mit Leichtigkeit, Anmut, Geschmeidigkeit und Würde zu Hause fühle.

Diese Methode wird hier nicht näher ausgeführt, weil die Anleitung durch eine Trainerin oder einen Trainer ganz wesentlich ist.*

Gewiß können Sie über jede Bewegungsform einen neuen Zugang zu Ihrem Körper finden. Die Feldenkrais-Methode, die Alexander-Technik, Yoga und T'ai Chi sind für diesen Zweck jedoch besonders geeignet, weil diese Methoden auf der bewußten Bewegung aufbauen. Manchen Menschen hilft auch der künstlerische Körperausdruck beim Tanzen dabei, sich neu zu spüren. Schließlich eignen sich auch viele Sportarten zur besseren Körperkontrolle.

Suchen Sie sich einfach die Methode aus, die Ihnen am meisten liegt und Ihnen guttut – und nehmen Sie sich in jedem Fall fest vor, über die Bewegung zu einer stärkeren Verwurzelung in Ihrem Körper zu gelangen.

* In Deutschland wird die Feldenkrais-Arbeit von der »Feldenkrais-Gilde«, einem eingetragenen Verein, koordiniert; dort können Sie sich über Gruppen in Ihrer Nähe informieren. Die Adresse der Geschäftsstelle finden Sie im Anhang auf Seite 201.

12 Wie Sie lernen, Ihren Körper zu mögen

Wir können etwas erst ändern, wenn wir es akzeptieren. Verurteilungen führen nicht zu Freiheit, sondern zu Unterdrückung.

Carl Gustav Jung

Mit jedem Abschnitt dieses Buches schreitet unser Heilungsprozeß weiter voran. Zu Anfang mußten wir die Verletzungen unserer Seele ausfindig machen. Danach räumten wir den emotionalen Schutt weg, der uns im Weg stand. Nun ist es Zeit für eine beruhigende Heilsalbe mit dem Namen Akzeptanz. Das heißt, wir müssen unseren Standort erkennen und unseren Körper annehmen. Akzeptieren ist übrigens nicht dasselbe wie resignieren – das wäre ein verzweifeltes Aufgeben; wenn Sie sich aber akzeptieren, sind Sie zu persönlichem Wachstum imstande. Es ist eigentlich paradox: Um etwas in uns zu verändern, müssen wir uns zunächst so annehmen, wie wir sind.

Stellen Sie sich vor, Sie stehen am Ufer eines Flusses, und auf der anderen Seite befindet sich die Veränderung, die Sie anstreben. Dorthin gelangen Sie am besten mit einem großen Sprung; dafür brauchen Sie jedoch zunächst festen Boden unter den Füßen. Diese Seite des Flusses steht für Ihre Wirklichkeit, für Ihr tatsächliches Aussehen, während das andere Ufer Ihr gewünschtes Körperbild darstellt. Wenn Sie Ihre gesamte Energie darauf verschwenden, gegen sich selbst und Ihren Körper zu kämpfen und ihn sich anders zu wünschen, werden Sie weder den notwendigen Halt finden noch die erforderliche Energie für Ihren großen Sprung aufbringen. Sie stehen ständig kritisierend neben sich und träumen von der angeblich rosigen Zukunft. In diesem Fall erkennen Sie sich und Ihren derzeitigen Standort nicht an und finden daher auch keinen Zugang zu Ihren Ressourcen. Akzeptieren Sie dagegen Ihren Körper mitsamt seinen Mängeln als Ihr Zuhause, so besteht die Möglichkeit zur Veränderung. Wenn Sie Ihr eigentliches Ich leben – dazu gehören Ihre Einzigartigkeit, Ihre Stärke, Ihre Verletzlichkeit, Ihre Fehler, Ihre widersprüchlichen Bedürfnisse und Ihre Kämpfe –, können Sie sich für persönliches Wachstum entscheiden.

Das Körperbild wird vor allem durch den visuellen und den kinästhetischen Sinn geprägt. Beide spielen auch bei der Erneuerung Ihres Körperbildes die Hauptrolle.

Übung 20: Atmen vor dem Spiegel

Führen Sie diese Übung mindestens zweimal durch, einmal als Visualisierung und einmal tatsächlich vor dem Spiegel. Der zweite Teil von Übung 2, *Entspannung durch Reinigungsatmen* (Seite 52), ist als Vorübung hilfreich. Mit ihr läßt sich emotionaler Schutt wegräumen, der Ihre Wahrnehmung behindert.

1. Setzen Sie sich bequem hin, schließen Sie die Augen und entspannen Sie sich.
2. Stellen Sie sich vor, Sie stehen vor einem großen, dreiteiligen Spiegel. (Wenn Sie die Übung tatsächlich durchführen, suchen Sie sich bitte einen Spiegel in einem warmen, gemütlichen Zimmer, in dem Sie nicht gestört werden.)
3. Stellen Sie sich vor, Sie schließen Ihre Augen und ziehen sich

langsam aus. ... Wie fühlen Sie sich? ... Geht es Ihnen mit Ihrem Nacktsein gut? ...

4. Atmen Sie ein paarmal tief und reinigend ein und aus. ...

5. Halten Sie Ihre Augen geschlossen und erinnern Sie sich an einen Zeitpunkt in Ihrem Leben, als jemand oder etwas in Ihnen ein Gefühl der Liebe, Geborgenheit oder Ehrfurcht auslöste. ... Vielleicht war es Ihre Mutter oder Ihr Vater, Ihr Kind, Ihre Partnerin oder Ihr Partner, vielleicht aber auch ein Haustier, eine wunderschöne Aussicht oder eine göttliche Eingebung. ... Konzentrieren Sie sich ganz auf diese Situation.

6. Sehen Sie sie nun genau vor sich und *erleben* Sie diese Liebe, Geborgenheit oder Ehrfurcht. ... Achten Sie besonders auf das Gefühl in Ihren Augen. ... Fällt Ihnen an Ihrem Blick etwas Besonderes auf? Er ist weich und offen – der Blick einer Liebenden. ... Lassen Sie dieses Gefühl nun in Ihre rechte beziehungsweise linke Hand fließen (je nachdem, ob Sie Rechts- oder Linkshänderin sind). ... Wenn Sie diese Hand im weiteren Verlauf der Übung drücken, betrachten Sie sich mit dem gleichen zärtlichen Blick. Wer wirklich liebt, kritisiert und urteilt nicht. Dann betrachten wir die andere beziehungsweise den anderen als eine wunderbare Einheit und nicht als eine Ansammlung von Einzelteilen oder Makeln.

7. Stellen Sie sich nun vor, wie Sie Ihre Augen öffnen. Sie stehen immer noch vor dem Spiegel. Drücken Sie Ihre Hand und lassen Sie Ihren liebevollen, zärtlichen Blick über Ihren Körper schweifen. ... Betrachten Sie sich mit demselben Gefühl, das Sie beim Anblick eines geliebten Menschen, eines wunderschönen Sonnenuntergangs oder eines prächtigen Kunstwerks verspüren. ... Sie sehen ja auch tatsächlich einen liebenswerten, schönen und einmaligen Menschen vor sich! ...

8. Wenn Sie einen inneren Widerstand wahrnehmen, drücken Sie Ihre Hand und atmen ein paarmal tief und reinigend ein und aus, bis Ihr Blick wieder weich wird.

9. Fangen Sie bei Ihrem Kopf an und lassen Sie Ihren Blick langsam nach unten wandern. Nehmen Sie dabei alle Merkmale Ihres Körpers wahr, die Ihnen gefallen. Formulieren Sie dazu

laut Sätze wie: »Ich mag meine weichen Wangen«, »Ich mag mein zartes Dekolleté«, »Ich mag meinen runden Bauch« und so weiter. Suchen Sie sich jetzt ein Merkmal aus und würdigen Sie es. ...

10. Suchen Sie sich jetzt ein anderes aus und würdigen Sie es. Suchen Sie sich noch fünf bis zehn weitere Merkmale Ihres Körpers aus und würdigen Sie sie. Drücken Sie bei Bedarf Ihre Hand und atmen Sie ein paarmal tief und reinigend ein und aus.

11. Was mögen Sie noch an Ihrem Körper? ... Vielleicht die Art und Weise, wie er funktioniert und Ihnen im Leben dienlich ist? ... Würdigen Sie diese Vorzüge, indem Sie sie laut aussprechen.

12. Suchen Sie noch mehr, was Sie an sich liebenswert finden. ... Vergessen Sie nicht, sich von hinten und von der Seite zu betrachten. ... Was ist noch schön an Ihnen? Ihre Haut? Ihre Körperhaltung? Ihre Ausstrahlung? Ihr Charakter, der durch Ihren Körper zum Ausdruck kommt? Die Art und Weise, wie alle Teile sich zu dieser einmaligen Ganzheit zusammenfügen? Ihre Gestik? Ihr Lächeln? Betrachten Sie sich wirklich einmal ganz intensiv und würdigen Sie möglichst viele Merkmale, indem Sie sie laut nennen. Sobald Sie auf Schwierigkeiten oder innere Widerstände stoßen, drücken Sie Ihre Hand und atmen ein paarmal tief und reinigend ein und aus. ...

13. Haben Sie irgendeine Körperpartie vernachlässigt oder ganz übersehen? Dann widmen Sie sich ihr jetzt und würdigen Sie ihre einmaligen Eigenschaften. ...

14. Betrachten Sie sich noch einmal mit einem sanften, liebevollen und anerkennenden Blick. Lassen Sie Ihre Schönheit ganz auf sich wirken. ... Sehen Sie sich an und sagen Sie: »Das bin ich. Dies ist mein Körper. Hier bin ich zu Hause.« *Spüren* Sie, wie es sich anfühlt, über die eigenen Augen soviel Liebe zu bekommen. ... Überlegen Sie, wieviel von diesem Gefühl Sie aus der Übung mitnehmen wollen, und öffnen Sie dann die Augen.

Arbeitsblatt

1. Wie fühlen Sie sich in diesem Augenblick in und mit Ihrem Körper?
2. Beschreiben Sie Ihr Erlebnis in der Gegenwartsform. Fügen Sie hinzu, ob Sie in Ihrer Vorstellung oder tatsächlich vor dem Spiegel gearbeitet haben. Berücksichtigen Sie alle Gefühle oder Blockaden, die während der Übung auftraten.
3. Beschreiben Sie Ihre eigene Schönheit.
4. Denken Sie sich für jede Blockade ein Gegenmittel aus.
- Neutralisieren Sie jedes abschätzige Werturteil durch zwei positive Aussagen.
- Nehmen Sie jedes dieser negativen Werturteile in den Mund, kauen Sie darauf herum und überlegen Sie, ob Sie es schlucken oder ausspucken sollen.
- Formulieren Sie als Antwort auf jede Blockade eine Affirmation. Wenn die Blockade beispielsweise lautet: »Meine Beine sind fett und häßlich«, äußern Sie als Affirmation: »Ich, ……………………, finde mich schön, auch wenn mein Aussehen vom herrschenden Schönheitsideal abweicht.«
- Ist eine Ihrer inneren Widersacherinnen am Werk, so fangen Sie ein Gespräch mit ihr an, um sie zum Schweigen zu bringen.
5. Anmerkungen.

Zum Nach- und Weiterdenken

Sie sind nicht am Fließband entstanden. Sie sind ein lebendiger, einzigartiger Mensch; Ihre Schönheit ist einmalig und verdient Wertschätzung. Würdigen Sie sich selbst und Ihren Körper mit liebenden Augen, mit der Liebe zu sich selbst – dieser zärtliche Blick wird Ihnen mit der Zeit leichter fallen. Je mehr Sie sich mögen und annehmen, desto stärker wird Ihr Körper diese Liebe widerspiegeln, so daß sich diese zunehmende Schönheit allmählich auf all Ihre Lebensbereiche auswirkt.

Viele von Ihnen werden so manches Hindernis überwinden

müssen, bevor sie die Liebe zu sich selbst ganz zulassen. Greifen Sie die Vorschläge im Arbeitsblatt auf und setzen Sie sich mit Ihren Blockaden auseinander.

So sah Toni sich im Spiegel:

»Ich sehe mich als einen wunderschönen Teil der Natur, als einmaliges Lebewesen. Mein Rücken, meine Hüften, mein Po, sogar mein Bauch erscheinen in einem ganz neuen Licht. Ich besitze einen schönen Körper. Durch das Reinigungsatmen nehme ich meinen Körper als Ganzheit wahr und erblicke nicht mehr nur häßliche Einzelteile. Ich fühle mich eins mit mir, empfinde Zuneigung zu meinem Körper und sehe mich mit Selbstachtung an. Ich verspüre eine neue Stärke, eine neue Macht, die gar nichts Bedrohliches hat; ich bin ganz friedlich. Bei der heutigen Übung habe ich meinen Körper ganz anders wahrgenommen als sonst – eigentlich schaue ich zum ersten Mal meinen Körper an und nicht den meiner Mutter oder meiner Schwester oder den Prototyp des weiblichen Körpers in meiner Familie. Ich betrachte meine eigenen Rundungen, meine Konturen – ich betrachte mich selbst.«

Lassen Sie sich nicht entmutigen, wenn Ihre ersten Versuche noch keine Früchte tragen. Die Liebe zu sich selbst und dem eigenen Körper entwickelt sich häufig schrittweise. Allerdings müssen Sie wirklich bereit sein, negative Gefühle in positive zu verwandeln. Verachtung und Haß gegenüber Ihrem Körper sind Folgen von Wut. Möglicherweise stellt sich bei Ihnen in dem Maße, wie Ihre Wut allmählich abebbt, ein Gefühl der Traurigkeit ein, weil Ihr Körper so viele Schmerzen aushalten mußte. Mit der Zeit verwandelt sie sich wahrscheinlich in eine sanfte, freundliche Zuneigung. Daraus ergibt sich dann häufig eine neutrale Akzeptanz, die weder von positiven noch negativen Gefühlen geprägt ist. Viele Menschen hören an diesem Punkt auf, aber der Prozeß kann durchaus weitergeführt werden, bis echte Liebe entsteht – keine narzißtische Eigenliebe, sondern eine tief empfundene Wertschätzung für den eigenen Körper als grundlegenden Bestandteil der gesamten Persönlichkeit.

Bei der folgenden Übung können Sie diese Liebe noch verstärken. In meinen Workshops lasse ich dazu im Hintergrund stets meditative Musik laufen, am liebsten das Adagio für Streicher von Samuel Barber. Am besten nehmen Sie dieses Stück auf eine Kassette mit einer Laufzeit von dreißig bis fünfundvierzig Minuten auf. Auch Pachelbels Kanon in D-Dur eignet sich hervorragend für diese entscheidende Sequenz. Suchen Sie sich einfach Musik aus, die Ihnen zu Herzen geht.

Leitfragen

1. Denken Sie an einen Menschen, dem Sie ganz und gar vertrauen und dem Sie wichtig sind. Sie können auch jemanden erfinden.
2. Stellen Sie sich eine Situation vor, in der Sie Liebe erlebt haben, ganz gleich, ob als Empfangende oder als Gebende. Es kann die Liebe zu einem Elternteil oder einem Kind sein, aber auch zu einem Tier, einem Sonnenuntergang oder zu Gott.
3. Erforschen Sie Ihren Körper. Wann fühlen sich Berührungen gut an? Nehmen Sie die unterschiedlichen Arten von Berührung wahr: fürsorglich, heilend, gefühlvoll, erotisch, gleichgültig und so weiter.

Übung 21: Imaginierte Massage

1. Legen Sie sich hin, schließen Sie die Augen und entspannen Sie sich.
2. Achten Sie auf Ihre Atmung. Stellen Sie sich nach ein paar tiefen Atemzügen vor, daß Sie Vanillearoma einatmen. Wenn Sie möchten, können Sie auch an einer echten Vanilleschote riechen.
3. Während Sie Vanille einatmen, breitet sich in Ihnen eine tiefe innere Zufriedenheit aus. Üben Sie diese Vorstellung ein paarmal hintereinander, bis sie Ihnen ganz leicht fällt. Greifen Sie immer dann auf diese Atemtechnik zurück, wenn Sie während der Übung Widerstände oder Spannungen spüren.

4. Versetzen Sie sich in eine Situation, in der Sie Liebe erlebt haben, ganz gleich, ob als Empfangende oder als Gebende. ... (Schalten Sie die Musik ein.) Erleben Sie diese Szene noch einmal, als würde sie in diesem Augenblick geschehen. Richten Sie Ihre ganze Aufmerksamkeit auf das, was Sie sehen, hören und fühlen. Beziehen Sie all Ihre Sinne mit ein, um diese Liebe so richtig auszukosten. ...
5. Spüren Sie, wie sich diese Liebe in Ihrem Herzen konzentriert. ... Es ist von ihr ganz ausgefüllt.
6. Werden Sie sich nun Ihrer Hände bewußt. ... Konzentrieren Sie sich ganz auf sie. ... Widmen Sie sich ganz Ihren Händen. ...
7. Spüren Sie nun, wie all Ihre liebevollen, warmen, wunderschönen Gefühle der Liebe vom Herzen aus in die Hände fließen. ... Spüren Sie, wie diese kribbeln und pulsieren, während all die Gefühle von Liebe, Akzeptanz und Verbundenheit dort ankommen. ...
8. Atmen Sie in Ihre Hände und spüren Sie, wie sich in ihnen immer mehr Liebe sammelt. ... Sie steigert sich mit jedem Atemzug. ... Spüren Sie, wie Ihre Hände mit zunehmender Liebe immer wärmer werden. ... Sie kribbeln und glühen schon richtig. Jetzt sind sie von einer Aura der Liebe und Güte umgeben. ... Ihre Hände fühlen sich unglaublich lebendig an. ... Spüren Sie sie. ... Sehen Sie sie vor sich.
9. Nun sind Ihre Hände ganz erfüllt mit liebevoller Energie, die auch bestehen bleibt, wenn Sie normal weiteratmen. Ihre Hände behalten ihre Lebendigkeit, auch wenn Sie Ihre Aufmerksamkeit nun von ihnen ablenken. ...
10. Stellen Sie sich vor, Sie liegen auf einem Massagetisch oder auf einer anderen bequemen, aber festen Unterlage. Im Zimmer ist es warm und gemütlich, und trotz des gedämpften Lichts können Sie Ihre Umgebung erkennen. Sie sind nackt. Sie fühlen sich wohl und vollkommen geborgen. Lassen Sie sich genug Zeit, um mit dieser Situation ganz vertraut zu werden.
11. Gleich wird eine Person ins Zimmer kommen, die Sie mögen und der Sie vollkommen vertrauen. ... Jetzt steht sie im Raum und kommt auf Sie zu. ... Betrachten Sie ihr Gesicht, in dem

sich Liebe und Anerkennung spiegeln. ... Die immense Zuneigung in diesem Gesichtsausdruck ist ganz auf Sie gerichtet. Kosten Sie dieses Gefühl ganz aus. ...

12. Richten Sie Ihre Aufmerksamkeit nun wieder auf Ihre Hände. Atmen Sie tief ein und aus und spüren Sie, wie sich das warme Gefühl der Liebe erneut verstärkt. Ihre Hände kribbeln und glühen geradezu vor liebevoller Energie. ...
13. Nehmen Sie die Hände Ihres Gastes in Ihre eigenen. Spüren Sie den Kontakt zwischen Ihnen. ... Sie atmen beide im gleichen Rhythmus. Spüren Sie, wie die Liebe aus Ihren Händen in die Hände dieser Person fließt. Auch das liebevolle Glühen geht auf sie über. Sehen Sie, wie alle vier Hände vor Liebe leuchten. ...
14. Entspannen Sie sich und lassen Sie sich vollkommen gehen. ... Ihr Körper schmilzt auf der Unterlage wie eine Kerze im Sonnenlicht. Sie müssen nichts tun. Sie dürfen sich nun ganz einer liebevollen, heilsamen Berührung hingeben. ... Denken Sie daran: Durch das Einatmen von Vanille räumen Sie eventuelle Hindernisse aus dem Weg.
15. Ihre Masseurin beziehungsweise Ihr Masseur reibt sich die Hände mit einem warmen ätherischen Öl ein. Erkennen Sie den Duft? ...
16. Nun streichen diese gefühlvollen, warmen Hände sanft über Ihren Körper und bedecken jeden Zentimeter mit Öl, das von Liebe durchtränkt ist. Lassen Sie sich genug Zeit, um dieses Erlebnis mit all Ihren Sinnen auszukosten. Nehmen Sie die warmen, weichen Hände wahr, das Aroma des Massageöls, Atemgeräusche und die Liebe, die Ihnen und Ihrem Körper gilt – so wie er ist. ...
17. Nun massiert Ihre Masseurin beziehungsweise Ihr Masseur die Körperteile, die Sie mögen. Wie fühlen Sie sich dabei? ...
18. Spüren Sie, wie ein Teil der positiven Energie, die Sie in diesen Körperpartien speichern, bei der Massage in die liebevoll massierenden Hände übergeht. Sie leuchten jetzt noch heller. ...
19. Lassen Sie sich für den nun folgenden Schritt genug Zeit. Spüren Sie, wie diese fürsorglichen Hände jetzt ganz sanft über die Körperteile streichen, in denen sich Ihre Scham, Ihre Ent-

täuschung und Ihre Negativhaltung befinden. Diese Partien empfangen jetzt so viel positive Energie, daß sie ganz weich werden und sich der hereinfließenden Liebe öffnen. ...

20. Spüren Sie, wie Ihr Körper allmählich ins Gleichgewicht kommt. Sie nehmen die Liebe in sich auf, als wären Sie ein trockener Schwamm, der Wasser aufsaugt. ... Sie sind es wert, diese Liebe zu empfangen. ... Sie verdienen sie. ... Öffnen Sie sich dieser Liebe. ...

21. Schauen Sie Ihrem Gast, der Ihnen soviel Aufmerksamkeit entgegenbringt, in die Augen, und geben Sie sich dieser Liebe ganz hin. ... In Ihnen und Ihrem Körper breitet sich ein wohliges Gefühl aus. ...

22. Sehen Sie den Menschen an, der nun langsam eine andere Gestalt annimmt. ... Sein Körper verwandelt sich in Ihren Körper, sein Gesicht in Ihr Gesicht und seine Hände in Ihre Hände. Atmen Sie tief ein und aus. ... Nun sind Sie zweimal vorhanden, einmal als Gebende und einmal als Empfangende.

23. Spüren Sie Ihre eigenen leuchtenden Hände, die Ihren Körper sanft streicheln. Sehen Sie in Ihre liebevollen Augen und geben Sie sich ganz dem Teil in Ihnen hin, in dem sich Weisheit und echte Wahrnehmung, Liebe und Herzlichkeit befinden. Es ist der Teil, der Sie genau so annimmt, wie Sie sind. Streicheln Sie Ihren Körper mindestens zehn Minuten lang voller Liebe und heilsamer Zärtlichkeit. Achten Sie dabei auf Ihre Gefühle. ...

24. Überlegen Sie, wieviel von dieser Liebe und Anerkennung Sie mit sich nehmen wollen, wenn Sie gleich die Augen öffnen. Lassen Sie sich jedoch beliebig viel Zeit, um sich und Ihre Gefühle zu spüren. ... Öffnen Sie dann die Augen.

Arbeitsblatt

1. Wie fühlen Sie sich in diesem Augenblick in und mit Ihrem Körper?
2. Beschreiben Sie Ihre Erfahrungen in der Gegenwartsform, so als führten Sie die Übung in diesem Augenblick durch.

Berücksichtigen Sie dabei alle Gefühle, Überraschungen oder Blockaden, die während des Prozesses auftraten.
3. Haben Sie einen Unterschied festgestellt zwischen der Massage der anderen Person und Ihrer eigenen?
4. Anmerkungen.

Zum Nach- und Weiterdenken

Viele meiner Kursteilnehmerinnen empfinden die *imaginäre* Massage als wirkungsvollsten und heilsamsten Abschnitt des Gesamtprozesses. Noch lange nach Ende des Workshops führt ein Großteil von ihnen diese Visualisierung auch zu Hause durch.

Carla hatte folgendes Erlebnis:

»Ich bin mit dem Teil in Kontakt getreten, den ich durch den Brief meines Körpers an mich überhaupt erst kennengelernt hatte. Ich fühle mich so warm, so geliebt, so geborgen; Fehler oder Gewissensbisse spielen überhaupt keine Rolle. Über allem liegt ein Gefühl der Liebe und Akzeptanz. Es ist so warm, so liebevoll, so unbeschwert, so angenehm – unglaublich! Einfach toll!«

Und über ihr Körpergefühl sagt sie:

»Noch immer gibt es diesen kleinen nörgelnden Teil in mir, der behauptet: ›Du siehst aber nicht so aus, wie du eigentlich möchtest.‹ Doch das hört sich irgendwie überholt an. Mit meinem warmen Teil in mir, der mich bedingungslos liebt, antworte ich darauf: ›Ich bin völlig in Ordnung, so wie ich bin.‹ ... Zum ersten Mal in meinem Leben bringe ich mir bewußt eine solche Zuneigung entgegen. Ich akzeptiere meine Fehler und Unzulänglichkeiten. Ich liebe mich. Was für eine starke Grundlage das ist!«

Auch weniger eindringliche Erlebnisse sind heilsam. Häufig geht der Wandel so allmählich vor sich, daß neue Gefühle und Verhaltensweisen erst im nachhinein als solche erkannt werden. Rückblickend sagen Sie vielleicht: »Ach ja, diese Erfahrung war für mich ein Wendepunkt.«

Vielleicht haben Sie innere Widerstände verspürt, als Sie positive Energie in sich einströmen lassen sollten. Am besten wiederholen Sie die Übung in diesem Fall immer wieder, bis Sie solche Gefühle ohne weiteres zulassen können. Dieser Prozeß ähnelt der Meeresflut: Mit jeder Welle erobert sich der Ozean einen weiteren Uferabschnitt. Und mit jeder neuen Erfahrung rütteln Sie stärker an Ihren selbst auferlegten Blockaden. Sobald Sie tatsächlich bereit sind, diese Hindernisse zu überwinden, machen Sie in Ihrem Selbstheilungsprozeß einen Riesenschritt nach vorn.

Tun Sie Ihrem Körper auch in Wirklichkeit etwas Gutes: Gönnen Sie sich eine Massage, genießen Sie das intime Zusammensein mit Ihrer oder Ihrem Liebsten, seien Sie zärtlich zu sich selbst. Vieles kann heilsam wirken: eine sanfte Brise auf dem Gesicht, Ihre Bewegungen beim Tanzen, das Gefühl von Satin oder Fell auf nackter Haut – Ihrer Phantasie sind keine Grenzen gesetzt. Finden Sie heraus, wie Sie sich in Ihrem Körper positiv erleben können. Lassen Sie es auf einen Versuch ankommen!

13 Der Kreis schließt sich

Mit der folgenden Übung erreichen Sie in Ihrem Selbsterfahrungs- und Heilungsprozeß eine neue Ebene. Sie entwickeln Ihre eigene Symbolik – eine Metapher und ein Märchen. Beides soll Sie bei Ihrer Transformation unterstützen. Komplexe Zusammenhänge lassen sich in Metaphern kurz zusammenfassen, zum Beispiel in einem Wort oder einem Ausdruck, wodurch ein altes Thema plötzlich in einem ganz neuen Licht erscheint. Bei der Arbeit mit solchen Symbolen überwinden wir die Grenzen, die uns unser Verstand setzt.

Wenn wir träumen, denken wir sozusagen in Metaphern. Die Traumdeutung gibt uns Hinweise auf unseren psychischen Zustand und bietet Lösungen für Probleme an, die uns gar nicht bewußt sind. Es ist äußerst wirksam, sich mittels Metaphern an das Unterbewußtsein zu wenden, weil die entsprechende Botschaft dabei unser Abwehrsystem umgeht. So kommen wir quasi mit List und Tücke zu einer Problemlösung. In diesem Fall gewöhnen wir uns schrittweise an ein neues Körperbild.

Mit der folgenden Übung finden Sie Ihre persönlichen Metaphern, die Ihren eigenen Weg symbolisieren. Wie das geschieht, wird im Laufe des Prozesses noch klarer werden. Zur Veranschaulichung habe ich jeden Schritt durch meine eigenen Metaphern ergänzt.

Übung 22: Ihre persönliche Wandlungsgeschichte

Finden Sie Ihre eigenen Metaphern

1. Zunächst müssen Sie einen Zugang zu der wesentlichen kinästhetischen Empfindung Ihres Körpers finden. Hier geht es also nicht um vorübergehende Wahrnehmungen. Stehen Sie auf, schließen Sie die Augen und konzentrieren Sie sich ganz auf Ihren Körper. Wie fühlt er sich an? ...
2. Schreiben Sie unter der Überschrift »Jetzt« sämtliche Begriffe auf, die Ihre kinästhetische Empfindung wiedergeben. Ich empfand meinen Körpers vor allem als gedrungen, stämmig, klein, breit, kompakt, nahe am Boden und unbeweglich. Vorübergehende Wahrnehmungen, die ich nicht aufgeschrieben habe, waren Müdigkeit und Hunger.)
3. Stehen Sie wieder auf, schließen Sie die Augen und besinnen Sie sich noch einmal ganz auf Ihren Körper. Konzentrieren Sie sich darauf, wie Sie sich gern in Ihrem Körper fühlen würden. Fertigen Sie dann eine zweite Liste mit der Überschrift »In Zukunft« an, und tragen Sie hier die Begriffe ein, die Ihnen eingefallen sind. (Ich wollte mich größer fühlen, eher nach oben ausgerichtet, aufrechter, fließend und beweglich.)
4. Nun besitzen Sie zwei Listen mit wichtigen Eigenschaften. Die eine gibt Ihr augenblickliches Empfinden wieder und die andere Ihr angestrebtes. Dies ist die Grundlage für Ihre Metapher.

Jetzt	*In Zukunft*
1.	1.
2.	2.
3.	3.
4.	4.
5.	5.

5. Behalten Sie die Eigenschaften Ihrer Jetzt-Liste im Kopf, während Sie die folgenden Fragen beantworten. Sie helfen Ihnen bei der Suche nach einer geeigneten Metapher; reagieren Sie möglichst spontan. Es ist nicht weiter schlimm, wenn Sie nicht in allen Kategorien eine Antwort finden.
- Welches Tier verkörpert diese Eigenschaften am ehesten?
- Welche Pflanze verkörpert diese Eigenschaften am ehesten?
- Welches Fahrzeug verkörpert diese Eigenschaften am ehesten?
- Welches Nahrungsmittel verkörpert diese Eigenschaften am ehesten?
- Welcher Rohstoff verkörpert diese Eigenschaften am ehesten?
- Welches Gebäude verkörpert diese Eigenschaften am ehesten?
- Welche Landschaft verkörpert diese Eigenschaften am ehesten?
- Welcher Gegenstand verkörpert diese Eigenschaften am ehesten?
- Welches Kunstwerk verkörpert diese Eigenschaften am ehesten?
- Welches Fabelwesen verkörpert diese Eigenschaften am ehesten?

6. Falls Sie bereits eine geeignete Metapher gefunden haben, die die Eigenschaften Ihrer Jetzt-Liste am ehesten verkörpert, sollten Sie weiter mit ihr arbeiten. Ansonsten lassen Sie einfach Ihrer Phantasie freien Lauf, bis Ihnen etwas Geeignetes in den Sinn kommt. (Meine Körperwahrnehmung gab ein Baumstumpf am ehesten wieder.)

7. Sie besitzen nun eine Metapher als Ausgangspunkt A. Jetzt brauchen Sie noch eine Metapher für Ihren Zielpunkt B, die die Eigenschaften Ihrer Zukunftsliste ausdrückt. Suchen Sie sich eine Metapher aus der gleichen Kategorie aus – wenn A ein Tier ist, sollte also auch B ein Tier sein. (Meine angestrebten Eigenschaften sah ich am ehesten durch einen hochgewachsenen, grazilen Baum verkörpert; er stand für die Merkmale Verlängerung, Ausrichtung nach oben, fließende Bewegungen und Beweglichkeit, die ich in meine Körperwahrnehmung einbeziehen wollte.)

8. Die Strecke zwischen Ausgangspunkt A und Zielpunkt B spiegelt Ihren Wandlungsprozeß wider, also Ihr sich stufenweise veränderndes Körperbild. Hier findet die eigentliche Arbeit statt.

A → Wandlungsprozeß → B

Entdecken Sie Ihren Wandlungsprozeß

Bei der folgenden Arbeit mit Ihren Metaphern treten Sie über die Bewegung mit der kinästhetischen Ebene Ihres Prozesses in Verbindung.

1. Stellen Sie sich irgendwo hin, wo Sie genug Platz haben, um sich zu bewegen.
2. Schließen Sie die Augen. Verwandeln Sie sich in Ihre Ausgangsmetapher. Identifizieren Sie sich ganz mit ihr. ...
   - Wie fühlen Sie sich?
   - Wie sehen Sie aus?
   - Achten Sie auf Ihre Beschaffenheit, Ihre Konturen, Ihre Energie.
   - Können Sie sich bewegen? Wie tun Sie das?
   - Geben Sie Geräusche von sich?
   - Wie fühlen Sie sich an, wenn Sie berührt werden?
3. Gehen Sie in dieser Vorstellung eine Weile umher, bis Sie das Gefühl wirklich verinnerlicht haben.
4. Wiederholen Sie die Schritte 2 und 3 mit Ihrer Zielmetapher.
5. Verwandeln Sie sich nun in einem fließenden Übergang von Ihrer Ausgangs- in Ihre Zielmetapher. Bewegen Sie sich ganz langsam und nehmen Sie die wesentlichen Veränderungen Ihrer Bewegungsabläufe wahr. Welchen Einfluß hat das Hin- und Hergehen zwischen den beiden Bildern auf Ihren Körper, Ihre Bewegungen und Ihr inneres Erleben? Lassen Sie sich für diesen Schritt ein paar Minuten Zeit.

Erfinden Sie Ihr persönliches Märchen

Soeben haben Sie sich mit der kinästhetischen Ebene Ihres Wandlungsprozesses beschäftigt. Nun ist es Zeit für Ihr persönliches Märchen. Wie kann A zu B werden? Vielleicht ist ein solcher Wandel wirklich möglich. Das traf beispielsweise für meine Metapher zu: Der Baumstumpf konnte wachsen und sich zu einem hohen, grazilen Baum entwickeln. Eventuell müssen Sie den Ablauf Ihrer Geschichte aber auch erfinden. Das ist ja gerade das Schöne an Märchen: Alles ist möglich.

Machen Sie sich nicht zu viele Gedanken über Ihren Schreibstil. Darum geht es gar nicht. Sie streben schließlich eine innere Veränderung an und und nicht den Pulitzerpreis. Probieren Sie ruhig mehrere Möglichkeiten aus; das gehört zu Wandlungsprozessen dazu. Beim Erfinden Ihres Märchens vermitteln Sie Ihrem Unterbewußtsein neue Botschaften, und zwar so, daß es sie empfangen kann.

Arbeiten Sie mit Ihrem Märchen

1. Machen Sie eine Zeichnung von Ihrem Wandlungsprozeß mit allen beteiligten Personen und Gegenständen. Auch hier steht nicht der künstlerische Wert im Vordergrund; Strichmännchen erfüllen denselben Zweck. Es geht allein um eine möglichst ganzheitliche Erfahrung. Da Worte die linke, Bilder dagegen die rechte Gehirnhälfte ansprechen, erzielen Sie den besten Lerneffekt, wenn beide Gehirnhälften gleichermaßen einbezogen sind.
2. Setzen Sie Ihr Märchen in eine Visualisierung um. Inszenieren Sie Ihren Wandlungsprozeß vor Ihrem inneren Auge als ein Theaterstück, in dem Sie die beiden Hauptrollen spielen, Ihre Metaphern also. Spielen Sie dieses Stück eine Woche lang oder länger mit all Ihren imaginativen Sinnen mindestens einmal täglich 10 bis 15 Minuten lang durch. Auch hier ist der Effekt am größten, wenn Sie sich ganz auf diese Arbeit einlassen, so daß das Geschehen in Ihr Unterbewußtsein dringt.

Zum Nach- und Weiterdenken

Viele meiner Kursteilnehmerinnen kommen meiner Aufforderung, ihr eigenes Märchen zu erfinden, zunächst nur zögernd nach. Am Ende sind sie jedoch oft ganz begeistert. Auch wenn Ihnen diese Arbeit keinen Spaß macht, ist sie doch ein Meilenstein auf dem Weg zu Ihrem neuen Körperbild. Alles, was Sie bislang über sich gelernt haben und künftig noch erfahren werden, fließt in Ihre persönliche Wandlungsgeschichte mit ein. Sie ist eigentlich eine Metapher für die tatsächlichen Veränderungen, die Sie in bezug auf Ihren Körper erleben. Nun fügt sich alles zusammen. Das folgende persönliche Märchen einer Kursteilnehmerin zeigt Ihnen eine von vielen Umsetzungsmöglichkeiten. Es war äußerst schwierig, aus den vielen phantasievollen, inspirierenden und ergreifenden Geschichten eine einzige auszuwählen. Lesen Sie Antoinettes Geschichte; sie sagt im Prinzip alles:

»Es war einmal ein Betonklotz; aber eigentlich war er eine Frau, unförmig, schwer, ungeschickt und furchtbar langweilig. Egal, was sie anzog, sie sah immer aus wie ein Betonklotz – in der Mitte ganz dick und auch nach unten hin unglaublich breit. Sie wußte, daß sie ein Betonklotz war, und fand das unerträglich. Daher zog sie immer die gleichen Kleider an und schaute nie in den Spiegel. Wenn sie ihr Spiegelbild durch Zufall im Schaufenster sah, war sie todunglücklich.

Sie war sich ganz sicher, daß sie seit eh und je ein Klotz gewesen war und das auch immer bleiben würde. Und dennoch kam sie sich zuweilen auch vor wie ein vergnügtes, bezauberndes, wildes und lautstarkes Lied. Dann vergaß sie ihren Körper, lachte mit anderen und genoß das Zusammensein mit Freundinnen oder ihrer großen Liebe. Sie wünschte sich, daß sie sich immer so frei bewegen könnte, ohne von ihrem klotzigen Ich gesteuert zu werden. Ihr war klar, daß es nicht ohne Grund zu ihr gehörte, aber sie sträubte sich trotzdem dagegen. Dieser ständige Kampf machte sie jedoch ganz müde und raubte ihr sehr viel Energie, die sie für andere Dinge gut hätte gebrauchen können.

So ging es viele Jahre. Eines Tages setzte sie sich hin und sagte: ›Klotz, du bist einfach zu schwer für mich. Ich will nicht mehr kämpfen. Sag mir einfach, was du zu sagen hast, und laß mich dann endlich in Ruhe!‹

Da lachte das klotzige Ich und sprach: ›Dein Mut in allen Ehren: Aber du weißt natürlich, daß wir beide uns nicht so einfach trennen können. Ehrlich gesagt glaube ich, daß wir niemals voneinander loskommen. Also müssen wir lernen, uns gegenseitig zu respektieren und friedlich miteinander umzugehen. Ich will nicht dein Sündenbock sein! Immerhin warst du schon oft froh über mich. Wenn dich irgendwelche Muskelprotze behelligen, komme ich dir ganz gelegen. Und meinetwegen verschonen dich die meisten Männer mit anzüglichen Bemerkungen und Pfiffen, die dich doch immer rasend machen‹

›Jetzt mach aber mal einen Punkt!‹ entgegnete sie. ›Das alles kann ich auch erreichen, ohne mich wie ein Betonklotz zu fühlen. Es ist höchste Zeit, daß mein Selbstwertgefühl einmal sagt, wo's langgeht. Paß auf, ich mache dir einen Vorschlag: In Zukunft klopfst du mir einfach auf die Schulter und flüsterst mir ins Ohr, wann immer ich mich deiner Meinung nach anders verhalten soll. Von nun an kümmere ich mich um alles.‹

Das klotzige Ich lächelte. ›Das ist aber nicht so einfach! Ein Kompromiß ist schon in Ordnung, aber diese vertrauten Rollen lassen sich nicht einfach so abschütteln.‹

Da richtete sich die Frau in ihrem Betonklotz auf und besann sich ganz auf ihren inneren Kern, der sich so gut anfühlte. Dieses kleine Samenkorn besaß ein solches Wachstumspotential, daß es bereits bei der kleinsten Ermutigung anfing zu sprießen. Stück für Stück bahnte es sich seinen Weg durch den Zement und umfing jedes einzelne Sandkorn, bis irgendwann der erste winzige Sproß ans Tageslicht drang und sich mit aller Kraft nach oben reckte. Weitere Triebe folgten, und schon bald war der gesamte Klotz mit pulsierendem Leben erfüllt. Und die Schößlinge wuchsen immer weiter. Plötzlich brach nahezu lautlos ein Stückchen des Klotzes ab und legte eine Spalte frei. Begeistert strengte sich das Wohlgefühl doppelt an, bis der Klotz noch mehr auseinanderbrach; wie bei einem Erdbeben wurde die Spalte immer breiter. Nun vereinten sich die Schößlinge und wurden zu einer Frau, einer lächelnden Frau. Sie holte tief Luft, und beim Ausatmen sprengte sie den übrigen Betonklotz, der in tausend Teile zerbarst. Dann hüpfte sie leichtfüßig über die Bruchstücke hinweg, drehte ein paar Pirouetten und tanzte in Gefilde, die sie mit dem klobigen Betonklotz niemals erreicht hätte.

Diese Szene wiederholte sich viele, viele Male, weil sich alte Gewohnheiten nicht so einfach abwerfen lassen. Mit jedem Mal aber fiel es der Lied-Frau leichter, sich zu behaupten. Noch immer gibt ihr klotziges Ich ihr hin und wieder einen Rat. Damit kann sie gut umgehen, denn heute weiß sie, was sie will.‹

Nun ist es Zeit für Ihre Geschichte.

Teil III

Der Weg nach Hause

14 Vier Frauen – vier persönliche Berichte

Wir bilden uns gern ein, Veränderungen würden über Nacht eintreten. Natürlich kommt das ab und zu vor, wenn auch nicht in dem Tempo, das uns von unserer schnellebigen, an Wundermittel gewöhnte Welt vorgegaukelt wird. Der tiefgreifende innere Wandel, der zu Selbstachtung und Selbstentfaltung führt, hat keinen konkreten Anfangs- und Zielpunkt. Es ist ein kontinuierlicher, meist über viele Jahre angelegter Prozeß.

Ich bat vier meiner ehemaligen Kursteilnehmerinnen, die den Workshop vor mindestens eineinhalb Jahren beendet hatten, mir ihre persönliche Geschichte zu schildern. Für die Auswahl dieser Frauen sprachen verschiedene Faktoren: Wichtig war vor allem, daß seit dem Seminar schon genug Zeit vergangen war, damit sie den Prozeß im Rückblick betrachten konnten. Darüber hinaus erschienen mir alle vier Frauen imstande, ihre Erfahrungen bildhaft darzustellen. Und schließlich nahmen sie alle sehr gewissenhaft an dem Workshop teil und ergänzten ihre Erfahrungen durch regelmäßiges Üben zu Hause.

Denise

Denise ist Mitte vierzig und arbeitet als Stationsschwester in einem Krankenhaus; sie beendete den Workshop vor knapp zwei Jahren. Schon von frühester Kindheit an hatte sie Probleme mit ihrem Körperbild. Ihre Mutter hatte ihr erstes Baby verloren und überfütterte ihre anderen Kinder, damit sie nicht krank würden. Denise wurde zum Essen gezwungen und erreichte mit zehn Jahren ein kritisches Körpergewicht. Zur gleichen Zeit erlitt ihr Vater einen Nervenzusammenbruch. Bevor er ins Krankenhaus kam, versuchte er, seine Frau und seine Kinder umzubringen. Schließlich stand Denises Mutter mit drei Kindern allein da und erfuhr keinerlei Unterstützung durch ihre Familie.

»Meine Körperfülle war mein einziger Schutz. Sie baute Grenzen auf und war Balsam für meine Nerven. Auf diese Weise schuf ich Distanz zwischen all dem Treiben um mich herum und meiner inneren Welt.«

Denise kam ins Krankenhaus, wo die Ärzte Fettleibigkeit diagnostizierten. Es folgten strikte Diäten und eine Schilddrüsenbehandlung. Mahlzeiten waren der reinste Alptraum: Sehnsüchtig sah sie zu, wie ihr großer, hagerer Bruder Brot und Kekse verschlang, während vor ihr ein Glas Magermilch stand. Denise war empört.

Von Geburt an hatte sie einen kräftigen Körperbau gehabt und war von Gleichaltrigen wegen ihrer Figur ständig gehänselt worden. Bei ihren Eltern fand sie nur wenig Unterstützung. Ihr Vater hatte schon immer schlanke Frauen bevorzugt, und ihre Mutter kämpfte von jeher mit ihrem eigenen Gewicht.

In der Pubertät schoß Denise in die Länge und war eine Zeitlang richtig dünn. Als Jungen erste Annäherungsversuche unternahmen, war sie außer sich vor Wut. Sie wollte nicht dazu dienen, die Bedürfnisse von Männern zu befriedigen.

Denises innere Kämpfe waren von Widersprüchen geprägt.

Einerseits wollte sie schlank und schön sein, denn das war die einzige Möglichkeit, von ihrem Vater und der Gesellschaft anerkannt und geschätzt zu werden – und andererseits reagierte sie entrüstet, wenn Männer sie als Objekt betrachteten. Diesen Konflikt trug sie in ihrem Körper aus – ihr Übergewicht erlaubte ihr, sie selbst zu sein.

»Schon zu Beginn des Workshops hatte ich die dunkle Vorahnung, daß ich mit meinem Problem nicht allein dastand. Ich kannte keine einzige Frau, die mit ihrem Körper zufrieden war. Attraktive, schlanke Frauen mochten ihre Ohren nicht oder fanden ihren Busen zu groß – irgend etwas gab es immer. Ich wußte, daß ich einen Zugang zu meinem Körper finden mußte, daß es so nicht weitergehen konnte. Ich durfte nicht mehr so verkopft an die Sache herangehen. Diese innere Zerrissenheit, die mit den Diäten und diesem schrecklichen Selbsthaß einherging, machte mich ganz fertig. Im Workshop passierten für mich drei Dinge.
Zunächst einmal war ich die einzige dicke Frau in der Gruppe! Alle anderen waren dünn. Ich war ja damals der Meinung, es würde sich schon alles von allein regeln, wenn ich nur abnehmen könnte. Und jetzt kämpften da all diese schlanken Frauen mit genau demselben Problem, und manche von ihnen waren sogar noch schlimmer dran als ich. Das hat mir die Augen geöffnet.
Ferner spürte ich, daß sich unsere Leiterin schön fand, ihre Weiblichkeit anerkannte und sich selbst mit Wertschätzung begegnete, obwohl sie nicht dünn war. Zum ersten Mal hielt ich es für möglich, mich vielleicht doch irgendwann einmal mit meiner Figur anfreunden zu können.
Schließlich hatten die Visualisierungen einen enormen Einfluß auf mich: Immer wieder erlebte ich mich als wirklich schön – nicht in bezug auf das herrschende Schönheitsideal, sonder eher als ... ein wunderbares Wesen. Das hat mir sehr geholfen. Daran werde ich wohl den Rest meines Lebens weiterarbeiten.
Früher sagte ich mir praktisch täglich: ›Ich muß abnehmen‹ oder ›Ich muß unbedingt mal wieder eine Diät machen‹ oder ›Wenn ich nur so schlank wäre wie sie‹. Das tue ich heute kaum noch. Ich

werde nie wieder Diät halten. Erst im vergangenen Frühjahr gab ich mir die Erlaubnis zum Essen, und plötzlich wurde mir klar, daß ich das noch nie getan hatte: Bei jedem Bissen hatte ich mich schuldig gefühlt. Jetzt esse ich mit Genuß. Früher stopfte ich heimlich und schnell alles mögliche in mich hinein. Heute freue ich mich über das Essen und weiß meistens auch, wann ich genug habe. Manchmal könnte ich Unmengen vertilgen, einfach nur um mich zu betäuben. Und manchmal esse ich soviel, bis ich kaum noch atmen kann. … Damit geht es mir zwar nicht gut, aber ich mache mich deswegen auch nicht fertig; ich fange einfach von neuem an. Ich wiege mich überhaupt nicht mehr. Ich möchte mich selbst von innen heraus neu kennenlernen.

Entscheidungen muß ich selbst treffen. Es hat überhaupt keinen Sinn, nur die Erwartungen anderer erfüllen zu wollen. Das habe ich durch meine Erfahrungen und durch den Workshop gelernt. Hier floß alles zusammen, auch mein Selbstvertrauen und mein Verständnis für mich und andere entwickelten sich dort. Auf dieser Basis kann ich weitermachen.

Inzwischen sage ich mir nicht mehr so oft, daß ich zu dick bin. Ein Teil von mir mag diese Figur und findet sie schön. Ich wäre froh, wenn ich nicht in dieser Gesellschaft leben und nicht diesen ganzen Mist von Männern und Frauen mitbekommen würde. Manchmal bin ich deswegen ganz verzweifelt und frustriert, manchmal auch wütend. Dann tobe und schreie ich und ziehe mich ganz in meinen Freundeskreis zurück. Ab und zu versuche ich aber auch, meinen Zorn nicht an mir selbst abzureagieren.

Trotzdem gibt es in mir immer noch diesen unglaublichen Zwiespalt, diesen Wunsch, schlank zu sein. Inzwischen habe ich ja auch etwas abgenommen und spüre, daß Männer mich begutachten. Einerseits fasse ich das als Kompliment auf, aber andererseits macht es mich wütend.«

Gegen Ende des Workshops bekam Denise Probleme mit ihren Bandscheiben. In den letzten Jahren hat sie daher mit chronischen Schmerzen gelebt.

»Eigentlich war diese Zeit von enormem Wachstum geprägt. Ich mußte mir meinen Körper ansehen, und dabei wurde mir klar, wie ich mit ihm umgehe, daß ich ihn permanent abwerte. Auf einmal verspürte ich den Wunsch, mich liebevoll um ihn zu kümmern. ... Ich lebe immer bewußter. ... Ich möchte in meinem Körper zu Hause sein.

Im Workshop bekam ich zum ersten Mal ein Gefühl dazu, daß ich mich in meinem Körper wirklich frei fühlen kann. Ich achtete mehr auf mein Wesen und kümmerte mich nicht mehr so sehr um die Meinung anderer Leute. Das Innere wurde wichtiger als das Äußere. Und meine Innenwelt ist für mich immer noch das Wichtigste und gleichzeitig Erstaunlichste in meinem Leben. Durch die wunderbaren Visualisierungen fand ich einen neuen Zugang zu meinem eigentlichen Kern.

Hin und wieder höre ich auch noch diese Stimmen – meine Widersacherinnen –, aber dann sage ich ihnen einfach, sie sollen still sein und mich in Ruhe lassen. Ich lache über sie und fordere sie heraus. In mir gibt es nämlich eine neue, kraftvolle Stimme, die diese Widersacherinnen überhaupt nicht ernst nimmt und nur meint: ›Also, das ist ja wohl lächerlich!‹

Warum wird der Körper einer Frau in unserer Gesellschaft so abgewertet? Warum betrachten wir uns selbst permanent mit diesem defizitären Blick? Diesen furchtbaren Selbsthaß, mit dem ich zu kämpfen hatte, gibt es ja nicht nur in mir. Er ist Teil aller Frauen, die ich kenne. Das gibt mir andererseits auch Hoffnung.«

Ginny

Ginny ist Ende dreißig und Sozialarbeiterin. In ihrer Familie sind gestörte Körperbilder gang und gäbe. Sowohl ihre Eltern als auch ihre Brüder hatten Gewichtsprobleme, und ihre beiden Schwestern litten unter Bulimie. Ginny war als Kind dick, erreichte als Jugendliche jedoch Normalgewicht. Wegen mehrerer Knieoperationen hat sie nie Sport getrieben. Sie besitzt kein großes Vertrauen in ihren Körper.

Als sie zu Beginn des Workshops mit Hilfe der Visualisierungen feststellte, wie sehr sie ihren Körper haßte, war sie richtig bestürzt.

»Als ich mit dem Workshop anfing, war ich einfach wütend auf meinen Körper und fühlte mich ihm nicht zugehörig. Ich hatte erwartet, daß wir uns viel mit Übergewicht und Nichtschönsein und solchen Themen beschäftigen würden. Aber das ging ja alles viel tiefer. Besonders schmerzhaft war die Erkenntnis: ›Ich hasse meinen Körper, weil er anders ist, als ich ihn gern hätte.‹
Als wir bei einer Visualisierung auf dem Boden lagen und unsere Körpermaße bestimmen sollten, trafen meine Schätzungen ziemlich genau zu, bis auf meine Hüfte: Da kam ich mir jedesmal mindestens 20 Zentimeter breiter vor. Das ist immer noch so. ... Und ich mache diese Übung auch jetzt noch hin und wieder, um mich daran zu erinnern, daß meine Vorstellungen nicht unbedingt mit der Wirklichkeit übereinstimmen. Ab und zu habe ich nämlich immer noch solche Anwandlungen. Aber zumindest weiß ich jetzt, daß es Anwandlungen sind!
Ich sah mir die früheren Botschaften meiner Eltern an mich an und sagte mir: ›Okay, so sind sie eben, das waren ihre Botschaften. Aber ich bin ich und stehe heute ganz woanders.‹
Ein denkwürdiges Erlebnis war das Schreiben meines Märchens. Es endete damit, daß ich ganz verträumt mit einer Frau tanzte, die ich liebte. Und sie liebte mich auch. Diese wunderschöne Frau (in der ich mich selbst wiedererkannte) und ich verschmolzen zu einer Person. Dieser Tanz mit mir selbst war ein Wendepunkt in meinem Leben, was ich allerdings erst viel später erkannte. Zunächst fühlte ich mich einfach nur zu Hause angekommen. Es ging mir gut, ich mochte mich. Ich fühlte mich in meinem Körper wohl – zum erstenmal in meinen Leben.
Ab diesem Zeitpunkt besaß ich eine ganz andere Energie, auch in sexueller Hinsicht. Ich konnte mich öffnen und begegnete mir selbst plötzlich mit Wohlwollen. Irgend etwas hatte sich völlig verändert, ich empfand Liebe zu mir selbst. Und meistens ist das auch jetzt noch so. Natürlich gibt es Zeiten, in denen ich in einem

Tief bin und ein verzerrtes Bild von mir habe, aber diese Abspaltung von meinem Wesen, diese innere Ablehnung ist einfach nicht mehr da. Ich empfinde meinen Körper nicht mehr als etwas Fremdes.
Seither haben ein paar grundlegende Veränderungen stattgefunden: Ich lebe in einer Beziehung und werde bald heiraten; ich schreibe eine Doktorarbeit. Ich war bei einer Farbberatung und genieße es kolossal, meine Lebenslust durch meine persönliche Farbwahl auszudrücken. In den letzten Monaten habe ich mit Walken angefangen; es macht mir großen Spaß, meinen Körper in der Bewegung zu spüren. Ich habe das Gefühl, daß ich in Ordnung bin, ich lasse mich nicht hängen. Ich habe wegen meiner Rückenprobleme erste Schritte unternommen und war zum Beispiel bei einem Chiropraktiker. Ich lebe viel bewußter und nicht mehr nur in meinem Kopf: In mir pulsiert Energie.
Der Prozeß ist noch nicht zu Ende. Zu Hause habe ich die Kassetten mit den Übungen, und ab und zu höre ich mir eine an. Mitunter genügt es aber auch schon, daß ich innehalte, bis zehn zähle und einfach nach innen lausche. Manchmal gehe ich die Straße entlang und komme mir fett und häßlich vor – ich habe zuviel gegessen und fühle mich einfach schrecklich. Wenn ich dann noch mein Spiegelbild im Schaufenster sehe, denke ich nur: ›O nein.‹ Für gewöhnlich meldet sich dann aber sofort meine innere Stimme: ›Du meine Güte, bist du aber heute wieder streng mit dir.‹ Dann weiß ich Bescheid, höre in mich hinein und setzte etwas Entsprechendes dagegen. ... In der Regel erinnere ich mich an mein Märchen, an diesen Tanz mit mir selbst.
Diese neue Stimme in mir ist kräftiger geworden. Und darum geht es ja schließlich: die alten Stimmen zu erkennen und die neue lauter und klarer werden zu lassen. Die größte Herausforderung bestand für mich darin, auf mich selbst zu hören und meinen eigenen Botschaften gegenüber offen zu sein. Das klappt natürlich nicht immer. In stressigen Zeiten machen die alten Stimmen lautstark auf sich aufmerksam. Aber auch dann weiß ich zumindest, daß eine neue Stimme existiert. Vielleicht höre ich sie nicht immer, aber ich weiß, daß sie da ist.

Manchmal fühle ich mich immer noch zu dick. Aber dann wiederum finde ich die Frauen in Modezeitschriften mittlerweile oft zu dünn! So will ich auf keinen Fall aussehen.
Im Prinzip läuft alles auf meine eigene Wertschätzung hinaus, auf diesen Tanz mit mir selbst. Die Veränderungen sind nicht über Nacht gekommen. Zu Anfang war da nur ein ganz zartes Pflänzchen; aber es besaß kräftige Samenkörner, und gegen Ende des Workshops reichten seine Wurzeln bereits tief in die Erde. Seitdem ist es stark gewachsen – ich wachse noch immer. Und ich denke, das geht noch eine Weile so weiter.«

Margie

Margie, eine Lehrerin Ende zwanzig, quält sich seit ihrer Pubertät mit Übergewicht und ständigen Diäten. Ihre ganze Jugend hindurch versuchte sie, fünf bis acht Kilo abzunehmen. Margie orientierte sich stark an den schlanken Frauen in den Medien und fand ihre eigene Figur folglich nicht in Ordnung. Sie kam sich eigenartig, unattraktiv und gehemmt vor und legte keinerlei Wert auf schöne Kleidung. In dem Maße, wie sich ihre Sexualität entwickelte, fühlte sie sich in ihrem Körper zunehmend unwohl. Sie verspürte Abneigung von seiten ihrer Eltern, ihrer Schwestern und ihrer Freundinnen und Freunde und zog sich infolgedessen immer mehr zurück. In dem Workshop, den sie als aufschlußreich und heilsam erlebte, wurde ihr klar, daß sie eine Therapie machen mußte. Hier ihre Geschichte:

»Die Tagebuchaufzeichnungen im Workshop zwangen mich förmlich dazu, mich mit meinem Hintergrund zu beschäftigen. Ich lernte, meinen Körper zu akzeptieren und den Menschen zu verzeihen, die mir so viele Schmerzen zugefügt hatten. Die Übungen Atmen vor dem Spiegel, Eisenketten *und* Die Frau in der Falle *– ja, besonders diese – fand ich sehr hilfreich, denn ich kam mir tatsächlich eingesperrt vor. Das Leben ging an mir vorüber, und ich bewegte*

mich nur innerhalb enger Grenzen, die ich mir selbst gesteckt hatte. Ich traute mich einfach nicht, mich zu zeigen. Im Workshop mußte ich mir meinen Körper anschauen und die positiv besetzten Partien suchen. Ich stellte fest, daß meine negativen Gefühle zwar tief verwurzelt, aber eigentlich überflüssig waren. Es gab tatsächlich ein paar Körperstellen, die ich mochte. In meinem Inneren hatte ich seit langem haufenweise positive Gefühle begraben. Besonders gefiel mir die Übung, bei der man sich im Spiegel betrachtet und Stellen entdeckt, die man gern hat. Es war für mich eine wunderbare Erfahrung, meinem Körper mit Zuneigung zu begegnen und das auch wirklich zu spüren. Bei Die rosa Pille *macht mich schwer probierte ich aus, wie es sich anfühlt, leichter oder schwerer zu sein. Und dann all diese ganzen Übungen, bei denen man den eigenen Körper erforscht, die Feldenkrais-Methode. … Ich habe gelernt, wie ich diesen Negativblick in eine positive Grundhaltung verwandeln kann. Ich bekam einen ganz neuen Zugang zu meinem Körper und fühlte mich auf einmal in ihm wohl.*
Meiner Meinung nach haben Freßanfälle viel mit dem eigenen Körperbild zu tun. Ich verschlinge nur dann Riesenportionen, wenn ich über irgend etwas unglücklich bin. So verlagere ich den Frust auf meine Figur. Ich betäube den Schmerz und verdränge die eigentliche Ursache für meinen Kummer, weil ich mich ganz und gar aufs Essen und meinen Körper konzentriere.
Heute bin ich viel kontaktfreudiger als früher. … Ich hatte mein Gewicht stets vorgeschoben, um mich zu isolieren. Das mache ich heute nur noch ganz selten. Da ich zufriedener bin und viel mehr Selbstvertrauen habe, trete ich auch in meinem Job ganz anders auf. Ich gehe mehr auf andere Leute zu und habe anders als früher das Gefühl, akzeptiert zu werden. Davor dachte ich immer, daß wegen meiner Figur ohnehin niemand etwas mit mir zu tun haben wollte. Zum ersten Mal in meinem Leben besuche ich jetzt einen Tanzkurs. Darauf wäre ich ohne den Workshop wahrscheinlich nicht gekommen. Außerdem bade ich in letzter Zeit häufig und widme mich mir selbst mit sehr viel Aufmerksamkeit. Das habe ich im Workshop gelernt: Ich bin in Ordnung, so wie ich bin, und ich darf ruhig gut zu mir sein.

Der Prozeß geht ganz langsam vonstatten. Manchmal denkt man, es geht überhaupt nicht voran, aber dann merkt man plötzlich, daß man anders denkt oder etwas anderes tut als früher. Was ich hier gelernt habe, wird mir vermutlich mein ganzes Leben lang behilflich sein.«

Francine

Francine ist Mitte dreißig, Fotografin und arbeitet als wissenschaftliche Mitarbeiterin in einem Museum. In ihrer Schulzeit war sie extrem ruhig und schüchtern und ging anderen Menschen möglichst aus dem Weg. Der Kampf gegen ihren Körper nahm schon früh seinen Anfang, als sie aus Gründen des Selbstschutzes eine Barriere zwischen ihrem Äußeren und ihrem eigentlichen Wesen aufbaute. Bereits mit drei Jahren hatte sie ständig Kopfschmerzen, und in ihrer Pubertät bekam sie regelrechte Migräneanfälle.

Von ihrer Familie erfuhr Francine direkte und indirekte Zurückweisung: Von klein auf waren ihre Eltern über ihr Äußeres enttäuscht, und der Vergleich mit ihrem älteren und schöneren Bruder machte alles natürlich noch schlimmer. Er und seine Freunde hänselten sie permanent, was ihre Eltern stillschweigend duldeten, ohne sie zu verteidigen. Francine hat einen stämmigen Körperbau; ihre Mutter kämpfte selbst mit ihrem Gewicht und übertrug ihre eigenen Probleme auf ihre Tochter, indem sie deren Körper zu kontrollieren versuchte: Sie wählte Francines Kleidung aus, setzte sie nach Belieben auf Diät und schickte sie wegen Schlankheitspillen zum Arzt.

»Ich bin immer noch dabei, meinen inneren Reichtum mit meiner äußeren Erscheinung in Einklang zu bringen. Ich komme gerade von einem Besuch bei meiner Familie zurück, die ich etwa zwei Jahre lang nicht gesehen hatte. Meine Mutter kommt nicht mehr wirklich an mich heran. Ich verstecke mich nicht mehr und tue auch nicht so, als hätte ich gar kein Übergewicht. Seitdem ich diese Tatsache akzep-

tiere, verletzt mich die Auffassung meiner Mutter nicht mehr.
Ich bin besonders durch den Workshop viel selbstbewußter geworden. Heute ist mein Körperbild viel stabiler. Wenn ich früher unglücklich war, mir die Ursachen dafür aber nicht bewußt machte – zum Beispiel weil ich bestimmte Gefühle nicht wahrhaben wollte –, kam ich mir in der Regel plötzlich total häßlich vor. Ich sah nicht mehr in den Spiegel und hatte das Gefühl, als hätte ich über Nacht unglaublich zugenommen. Heute weiß ich, daß ich in Streßzeiten zu einem verzerrten Körperbild neige. Dann sage ich mir: ›Was ist eigentlich das Problem? Du kannst in vierundzwanzig Stunden unmöglich fünfzig Pfund zugenommen haben. Also, was ist los?‹ Auf diese Weise bleiben die Dinge im Verhältnis, und ich bin nicht in meinem Zerrbild gefangen. Ich kann mich entspannen und über die eigentliche Ursache meines Kummers nachdenken. In mir ist tatsächlich eine neue Stimme entstanden – vielleicht ist sie auch immer schon dagewesen, aber jetzt höre ich sie viel deutlicher. Die Kämpfe zwischen all meinen inneren Stimmen waren ganz schön heftig. Meine jetzige Stimme ist sehr einfühlsam.
Meine Therapeutin stellte fest, daß ich durch den Workshop viel offener geworden bin; zuvor hatte ich einfach keinen Zugang zu dieser Art von Arbeit.
Durch den Workshop habe ich sehr viel Körperbewußtsein entwickelt. Dann wollte ich an diesem Thema weiterarbeiten und entschloß mich zu einer Körpertherapie; dorthin gehe ich jetzt einmal im Monat: Noch vor zwei Jahren hätte ich so etwas für völlig unnötig gehalten. Aber diese Arbeit tut mir sehr gut, ich habe zum Beispiel nicht mehr so oft Kopfschmerzen. ... Heute lege ich viel mehr Wert auf Körperlichkeit als früher. Ich mußte große Widerstände überwinden, um in meinen Körper zurückzukehren, und der Prozeß dauert auch immer noch an. Aber allein die Tatsache, daß ich mich auf einmal mit Themen wie meiner Sexualität beschäftige, ist eine deutliche Veränderung. Als ich meinen Körper verleugnete, habe ich meine Sexualität überhaupt nicht zur Kenntnis genommen. Nun möchte ich zum ersten Mal in meinem Leben meine eigentlichen Gefühle kennenlernen. Und das hat gar nichts Bedrohliches mehr. Ich habe herausgefunden, daß ich bisexuell bin. Das war für

mich ungeheuer befreiend. Ich muß überhaupt nichts verstecken. Es gibt immer noch viel zu tun, aber zumindest habe ich heute keine Angst mehr, mich verletzlich zu zeigen.
Es geht mir heute auch mit meiner Kleidung viel besser. Ich probiere ständig etwas Neues aus, sowohl mit Klamotten als auch mit meiner Frisur. In meinem neuen Job bei der Kunsthochschule hat der extravagante Anteil in mir viel mehr Raum. Ich ziehe ganz verrückte Sachen an und komme gar nicht mehr auf den Gedanken, daß ich mir das bei meiner Figur vielleicht nicht leisten könnte. Vorher hatte ich immer Probleme mit meiner Kleidung, weil ich einfach keinen eigenen Stil fand. Das ist heute völlig anders: Jetzt ziehe ich genau das an, worauf ich Lust habe – meine Kleidung entspricht meinem Gefühl. Hier zeigt sich mein Selbstvertrauen, das auch andere Leute spüren.
In Frauengruppen fühle ich mich aufgehoben, weil dort weniger Verletzungen stattfinden und ich nicht nach meinem Äußeren bewertet werde. Ich habe mich immer als Opfer gefühlt und war wütend darüber, daß die Gesellschaft uns Frauen diesen Stempel aufdrückt. Jetzt bin ich dem Einfluß meiner Familie oder der Gesellschaft nicht mehr so ausgeliefert. Ich habe eher das Gefühl, mein eigenes Leben zu leben, und muß nicht mehr so wütend sein wie früher. Ich bin anderen Menschen und deren Ansichten gegenüber viel toleranter geworden.
Wichtig war für mich auch die Unterstützung durch die Gruppe. Früher habe ich so etwas immer belächelt, weil ich dachte: Ich schaffe das auch allein. Jetzt meditiere ich täglich. Was immer in der Außenwelt geschieht – ich kann mich stets nach innen wenden und mich mit meinem eigentlichen Kern verbinden; das ist mir sehr wichtig.
Eine gewisse Nachsicht ist hilfreich, besonders in Streßzeiten. Früher sagte ich mir immer: ›Du bist viel zu fett, du darfst nichts essen.‹ Das war in solchen Zeiten natürlich das Schlimmste, was ich tun konnte. Denn dann stürzte ich mich sofort auf eine extragroße Portion. Heute sage ich mir: ›Ich werde etwas essen, was mir guttut, weil ich das jetzt brauche.‹ Dabei habe ich keine Gewissensbisse und setze mich nicht unter Druck – und dann bekomme ich auch keinen

Heißhunger. Ich gehe mit meiner Ernährung einfach viel vernünftiger um. Zuvor wurde mein Leben maßgeblich von meinem Gewichtsproblem und meinem verzerrten Körperbild bestimmt; diese Themen haben mein Verhältnis zur Außenwelt geprägt. Heute weiß ich, daß das sowohl positive als auch negative Seiten hatte. Mein Kampf hat mich in persönlicher und politischer Hinsicht zu einem viel empfindsameren Menschen gemacht. Heute gehe ich auch mit mir selbst viel einfühlsamer um.«

All diese Frauen beschreiben in ihren eigenen Worten, wie sie ihren persönlichen Wandlungsprozeß erlebt haben. Jede von ihnen befindet sich irgendwo auf dem Weg nach Hause – ihre Entwicklung ist noch nicht zu Ende. Und trotz der individuellen Aspekte ihrer Geschichten gibt es übergreifende Themen.

Jede der Frauen hat herausgefunden, daß sie künftig sanfter mit sich umgehen möchte. Wir haben stets die Wahl, ob wir freundlich oder grob sein wollen, ob wir ja oder nein zu uns sagen. Wenn wir uns für den Weg der Wärme entscheiden, tun wir uns etwas Gutes – unsere Selbstachtung wächst, und der freundlichere Umgang mit uns selbst fällt uns zunehmend leichter. Auch wenn die Verhaltensänderung an sich nur geringfügig ist, hat sie doch weitreichende Folgen.

Jede der Frauen fand Zugang zu ihrem Wesen und erlebte ihren inneren Kern als zugleich schön und liebenswert. Diese innige Liebe zu uns selbst ist die Voraussetzung dafür, daß wir unseren Körper mit all seinen Makeln annehmen. Nur so werden wir empfindsam und nachsichtig im Umgang mit uns selbst. Wir fühlen uns in unserem Körper nicht nur wohl, sondern sehen ihn auch als Spiegelbild unserer Persönlichkeit. Wir treten einen Schritt zurück und betrachten uns: Die Frau, die wir sehen, ist schön; und dadurch ist auch der Körper, in dem wir wohnen, schön – nicht umgekehrt.

Mit Hilfe dieser inneren Arbeit erlebte jede Frau die heilsame Macht ihrer eigenen Vorstellungskraft, die bei jedem Selbsterfahrungsprozeß eine Schlüsselstellung einnimmt. Sie entdeckte nicht nur ihren eigenen inneren Reichtum, sondern auch die

Möglichkeit, selbstbestimmt einzugreifen, was ihr ein Gefühl der Sicherheit verlieh. Es steht in unserer Macht, uns als Persönlichkeit wahrzunehmen; dazu gehört der innere Kern ebenso wie das äußere Erscheinungsbild.

Jede Frau fand heraus, was sie tun muß, um auf ihrem persönlichen Weg weiterzukommen: Tanzstunden, eine Einzeltherapie, Tagebuchaufzeichnungen, Engagement in Frauengruppen, Körperarbeit oder auch eine medizinische Behandlung. Um unsere Bedürfnisse zu erkennen, müssen wir uns erst einmal selbst kennenlernen. Wir können uns nur Gutes tun, wenn wir uns mögen. Um nichts anderes geht es bei dem Weg nach Hause in unseren Körper.

Nachwort

Wer sich selbst erkennt, verändert sich.

Thomas Mann

Ich hoffe, daß die persönlichen Berichte dieser vier Frauen Sie in Ihrem Entschluß bekräftigt haben, mit Ihrem Körper Frieden zu schließen. Eine solche Veränderung braucht Zeit. Schließlich ist ein Berg an Vorurteilen abzutragen, bis Sie an die Wahrheit in Ihrem Inneren herankommen. Dazu müssen Sie bereit sein, sich Ihrem wirklichem Wesen zu öffnen, anstatt sich weiterhin an den Erwartungen anderer Menschen zu orientieren. Sie lernen, sich selbst unbeirrt mit Sanftmut zu begegnen und alte Wunden mit Liebe heilen zu wollen. Zu diesem Prozeß müssen Sie fest entschlossen sein.

Von jeher wurde die Frau mit Körper und Natur gleichgesetzt, der Mann hingegen mit Geist und Technik. Er schwang sich zu geistigen Höhenflügen empor, während sie das dunkle, geheimnisvolle Reich des Fleisches beherrschte. Ihr Körper stand stellvertretend für Instinkt, Gefühl, Unberechenbarkeit, Sinnlichkeit, Unreinheit und das Böse schlechthin sowie für die Macht, Leben zu geben und zu nehmen. Die Frau wurde zwar einerseits als unentbehrlich angesehen, andererseits aber auch gefürchtet. Deshalb mußte man sie beziehungsweise ihren Körper kontrollieren, indem man sie zum Objekt machte und ihr bestimmte Beschränkungen auferlegte. Diese fortwährende Mißachtung unseres Körpers durch die Gesellschaft, aber auch durch uns selbst hat dazu geführt, daß wir uns von unserem Körper völlig entfremdet haben – dadurch leisten wir unserer eigenen Machtlosigkeit Vorschub.

Heutzutage betreten wir Frauen neues Terrain, indem wir die einschränkenden Rollen ablegen, die nicht mehr zu uns passen. Dieser Weg ist oftmals recht einsam. Wenn wir uns aus den engen und unnatürlichen Grenzen befreien, die uns die Gesellschaft setzt, schwimmen wir gegen einen reißenden, bereits seit Jahrhunderten fließenden Strom.

In den zurückliegenden Wochen haben Sie die vielen Stimmen in sich ausfindig gemacht, die solche herkömmlichen Ansichten zum Ausdruck bringen. Und Sie haben auch den Teil kennengelernt, der für Ihr wahres Wesen steht. Auch dieser Teil besitzt eine Stimme, die zur Zeit vielleicht noch leise und verhalten ist. Diese Stimme ist Ihre wahre Verbündete.

Und darin besteht für Sie die eigentliche Herausforderung: Sie müssen lernen, auf diese klare innere Stimme zu hören. Sie müssen sie so stärken, daß sie irgendwann die anderen Stimmen übertönt, die ebenfalls um Ihre Aufmerksamkeit buhlen. Wenn Sie Ihre wahre innere Stimme anerkennen und beachten, kräftigen Sie Ihren weisen Anteil, der weiß, was wirklich gut für Sie ist. Der Weg ist zwar steinig – diese Erfahrung mußten auch Ginny, Denise, Margie und Francine machen –, aber er ist gangbar.

An unserer Vorstellung vom Leben müssen wir unbedingt festhalten. Mit Hilfe dieses Buches haben Sie hoffentlich mehr Wertschätzung für sich und Ihren Körper erlangt, stehen sich selbst positiver gegenüber und wissen, wie Sie künftig mit sich umgehen möchten. Machen Sie diese Erkennisse zu Ihrem Leitmotiv für Ihr gesamtes Handeln, und tauschen Sie sich mit Menschen aus, die Ihre Ansichten teilen. Dann überwinden Sie alle Hindernisse, auf die Sie in einer mißbilligenden Umgebung möglicherweise stoßen.

Vermutlich haben Sie inzwischen gemerkt, daß mir dieses Thema sehr am Herzen liegt. Diese Leidenschaft gründet sich auf einen ganz tiefen Respekt für Frauen – darauf, wer wir sind und was wir der Welt alles zu bieten haben. Sie speist sich aber auch aus dem Abscheu, den ich gegenüber einer Vergeudung von Lebenslust empfinde. Diese Vergeudung habe ich sowohl in meinem eigenen Leben erfahren als auch bei so vielen anderen Frauen, die sich in diesem müßigen Kampf gegen sich selbst unendlich verstrickten.

Mit diesem Buch habe ich versucht, meine persönliche Wut über die einengenden Normen, mit denen Frauen in der westlichen Gesellschaft konfrontiert werden, konstruktiv umzusetzen. Wenn ich beobachte, wie Frauen heutzutage diese Normen zu erfüllen suchen – und zwar auf Kosten ihres persönlichen Potentials –, macht mich das zugleich traurig und besorgt. Denn ich bin zutiefst davon überzeugt, daß in kultureller und ideologischer Hinsicht etwas gegen diese tragische Verschwendung getan werden muß. Ich hoffe, daß dieses Buch seine Leserinnen nicht nur bei der Stärkung ihres Selbstbewußtseins unterstützt, sondern ihnen darüber hinaus auch die Notwendigkeit von Veränderungen auf breiter Ebene bewußt macht.

Wenn genug Menschen ihre überkommenen Wertvorstellungen überdenken und sich neuen Ideen öffnen, verändern sich dadurch auch die Werte der Gesellschaft, in der sie leben. Das haben wir alle bei den gesellschaftlichen Umwälzungen erlebt, die die Frauenbewegung auslöste. Bei meinen Workshops und Seminaren komme ich mir manchmal vor wie eine einsame Ruferin in der Wüste, weil ich zur gleichen Zeit immer nur wenige Frauen erreiche. Ihre Veränderungen bewirken nur eine kleine Welle, die allzu leicht in der sie umgebenden kulturellen Strömung untergeht. Ein Buch ist einer weitaus größeren Anzahl von Frauen zugänglich. Ich hoffe sehr, daß diese Lektüre Sie weitergebracht hat und Sie Ihre Persönlichkeit künftig mehr zu schätzen wissen. Vielleicht werden Sie dann auch anderen auf ihrem Weg unterstützend zur Seite stehen, bis die kleine Welle irgendwann zu einer riesigen Flutwelle wird, die nicht mehr zu übersehen ist.

Für viele Frauen – und leider auch für viele Therapeutinnen und Therapeuten – ist das Körperbild von Frauen ein unerhebliches Thema; aus Unkenntnis wird es häufig als nicht erörterungswürdig abgetan. Mag sein, daß unsere äußere Erscheinung im Vergleich zu der Tiefe unseres inneren Wesens tatsächlich nur ein oberflächlicher Faktor ist. Aber deshalb sollten wir den Schmerz, der sich aus der Abspaltung einer Frau von ihrem Körper ergibt, nicht leichtfertig übergehen. Wir dürfen es nicht hinnehmen, wenn wir unser Leben damit verschwenden, jemand anderes sein zu wollen.

Ist es nicht höchste Zeit, daß wir lernen, ein positives Selbstbild aufzubauen?

Danksagung

Zur Entstehung eines Buches tragen eine ganze Reihe von Geschehnissen bei. Ich bin vielen Menschen dankbar. Meine langjährige Freundin Donna Mildvan war der Meinung, aus meiner Doktorarbeit müsse ein Buch werden. Durch meine Freundin Marilyn Taylor lernte ich Kathleen Spivack kennen. Sie wurde zu meiner literarischen Beraterin, die mir ein Jahr lang, als ich mit einer Schreibblockade kämpfte, mit ihrer aufmunternden und erfrischenden Art zur Seite stand und mich dabei in die Geheimnisse der Wiener Lebensart einweihte. Meine liebe Freundin Carole Odell schmückte den Buchumschlag (der amerikanischen Originalausgabe, Anm. d. Red.) mit ihrer schönen, einfühlsamen Zeichnung, die so gut zum Ausdruck bringt, worum es hier geht. Mein herzlicher Dank gilt auch Andrea Fleck Clardy und schließlich Elaine Goldman, meiner Lektorin. Die Art und Weise, wie sie sich mit ihrem Rotstift an meinem Manuskript zu schaffen machte, zeigt ihre Sympathie und ihr starkes Interesse an diesem Projekt.

Inspiriert haben mich Moshe Feldenkrais, Fritz Perls, Roberto Assagioli, Win Wenger, Robert Masters und Jean Houston.

Eine überaus treue Begleiterin auf meinem Weg war meine Hündin Lina. Sie machte es sich in meiner Nähe bequem, während ich eine Seite nach der anderen tippte, und war geradezu ein Sinnbild für Leichtigkeit und Harmonie.

Vor allem danke ich meinem Mann Bill Hutchinson. Er hielt die Stellung, wenn ich nur noch Wörter und Abgabetermine im Kopf hatte. Seine Geduld, sein Verständnis und seine Unterstützung sorgten für eine Atmosphäre, in der ich meine Kreativität überhaupt erst entfalten konnte.

Ich danke Euch allen.

Adressen

Feldenkrais-Gilde e.V.
Schleißheimer Str. 74
80797 München
Tel.: (089) 52 31 01 71
Fax: (089) 52 31 01 72

Bundesweite Selbsthilfegruppen und relevante Institutionen:

Dick und Dünn
Beratungszentrum bei Eßstörungen e.V.
Innsbrucker Str. 25
10825 Berlin
Tel.: (030) 854 49 94
Fax: (030) 854 84 42
Di. 12 - 14, Mi. 17 - 18, Do. 12.30 - 14 Uhr

Dachverband der Frauengesundheitszentren in Deutschland e.V.
Goetheallee 9
37073 Göttingen
Tel. + Fax: (05 51) 48 70 25

Frankfurter Zentrum für Eßstörungen e.V.
Hansaallee 18
60322 Frankfurt/Main
Tel.: (069) 55 01 76
Fax: (069) 596 17 23

Feministisches Frauengesundheitszentrum
Kasseler Straße 1 a (Ökohaus)
60486 Frankfurt/Main
Tel.: (069) 70 12 18
Fax: (069) 77 71 09
e-mail: Fem.Frauengesundheitszentr.FFM@t-online.de
Internet: http://www.netpool.org/socart/ffgz

Anonyme Eßsüchtige Interessengemeinschaft e.V.
Postfach 10 62 06
28062 Bremen
Tel.: (04 21) 32 72 24

Aktionskreis Eß- und Magersucht Cinderella e.V.
Westendstr. 35
80339 München
Tel.: (089) 502 12 12
Fax: (089) 50 25 75

ANAD e.v. – Beratungsstelle für Eßstörungen
Seitzstr. 8
80538 München
Tel.: (089) 24 23 99 60
Fax: (089) 24 23 99 66
Mo. – Do. 10 – 18, Fr. 10 – 13 Uhr

Literaturtips

Bass, Ellen; Davis, Laura: Trotz allem. Wege zur Selbstheilung für sexuell mißbrauchte Frauen. Ein Handbuch zur Selbsthilfe mit vielen praktischen Vorschlägen und Übungen. Orlanda Frauenverlag, Berlin 1997.

Brownmiller, Susan: Gegen unseren Willen. Vergewaltigung und Männerherrschaft. S. Fischer Verlag, Frankfurt/Main 1994.

Doress, Paula Brown; Siegal, Diana Laskin, The Midlife and Older Women Book Project u.a.: Unser Körper - Unser Leben - Über das Älterwerden. Ein Handbuch für Frauen. Rowohlt TB, Reinbek 1991.

Drolshagen, Ebba D.: Des Körpers neue Kleider. Die Herstellung weiblicher Schönheit. Krüger Verlag/Fischer TB, Frankfurt/Main 1995/1997.

Faludi, Susan: Backlash. Die Männer schlagen zurück. Rowohlt TB, Reinbek 1995.

Föderation der Frauengesundheitszentren USA (Hg.): Frauenkörper - neu gesehen. Ein illustriertes Handbuch. Erfahrungen, Methoden und Erkenntnisse der Frauengesundheitsbewegung mit über 200 Zeichnungen und Fotografien. Orlanda Frauenverlag, Berlin 1997.

Nuber, Ursula: Schöner werden wir morgen. Eine Ermunterung, so zu bleiben, wie wir sind. Scherz Verlag, Bern/München 1997.

Orbach, Susie: Anti-Diätbuch I und II. Über die Psychologie der Dickleibigkeit, die Ursachen von Eßsucht. Verlag Frauenoffensive, München 1979/1984.

Orbach, Susie: Magersucht. Ursachen und neue Wege der Heilung. Econ Verlag, Düsseldorf/München 1997.

Sanford, Linda Tschirhart; Donovan, Mary E.: Frauen und Selbstachtung. Ich bin ich und ich bin o.k. Ingrid Klein Verlag, Hamburg 1994.

Wolf, Naomi: Der Mythos Schönheit. Rowohlt TB, Reinbek 1993.

Wolf, Naomi: Vom Ende der Unschuld. Oder: Das sexuelle Drama, eine Frau zu werden. Rowohlt Verlag, Reinbek 1999.

Woodman, Marion: Heilung und Erfüllung durch die Große Mutter. Eine psychologische Studie über den Zwang zur Perfektion und andere Suchtprobleme als Folgen ungelebter Weiblichkeit. Scherz Verlag, Bern/München 1988.

Die Autorin

Marcia Germaine Hutchinson ist Psychologin mit eigener Praxis bei Boston und unterrichtet Psychologie am Lesley College. 1981 hat sie über das Thema Negative Körperbilder von Frauen promoviert, und danach zahlreiche weitere Publikationen zu Themen wie Eßstörungen und weibliches Selbstwertgefühl verfaßt.
Seit vielen Jahren bietet sie Workshops überall in den USA an. Die Erfahrungen aus dieser Tätigkeit sind die Grundlage des vorliegenden Buches, das in der Originalausgabe bis heute acht Auflagen erreicht hat.

Dr. med. Paula Maas/Deborah Mitchell
Endlich frei von Kopfschmerzen
Das umfassende Praxisbuch der natürlichen Heilmethoden

367 Seiten, gebunden, ISBN 3-7205-2008-0

Ein umfassendes Standardwerk, das Kopfschmerzgeplagte jeden Typs über mögliche Ursachen informiert und mit allen verfügbaren natürlichen Heilmethoden bekannt macht: Entspannungsverfahren, Bewegungstherapien, Akupunktur, Massagetechniken, Physikalische Therapie, Ernährungsumstellung, Pflanzenheilkunde, Aromatherapie, Homöopathie sowie schulmedizinische Verfahren.

Maitreyi D. Piontek
Das Tao der Frau
Energiearbeit, Selbstheilung, Sexualität

286 Seiten, kartoniert, zahlreiche Abbildungen, ISBN 3-7205-1925-2

Ein Wegweiser für Frauen, die besser mit ihrem Körper, ihrer Sexualität und ihren Emotionen umgehen wollen, die harmonischer, natürlicher und gesünder, lustvoller und unabhängiger leben wollen. Die Autorin baut auf dem Tao auf, der ganzheitlichen und naturgemäßen Lebens- und Heilweise, die sich in China seit Jahrtausenden bewährt.

Dennis Lewis
Das Tao des Atmens
Die belebende und heilende Kraft der natürlichen Atmung

214 Seiten, kartoniert, ISBN 3-7205-1981-3

Als Säuglinge und Kleinkinder konnten wir es noch, im Laufe unseres Lebens haben wir es verlernt – »das natürliche Atmen«, jenes spontane, den ganzen Körper erfassende Atmen. Dieses Buch bereitet das Wissen des Tao um das natürliche Atmen umfassend auf. Es hilft uns, die belebende, heilende und verjüngende Kraft des natürlichen Atmens zu nutzen.

»Natürliches Atmen ist ein Wesensbestandteil des Tao. Und bislang ist kein westlicher Autor und kein Atembuch so tief in den Sinn, die Praxis und den Segen natürlichen Atmens eingedrungen wie Dennis Lewis in diesem wichtigen Buch.«

Mantak Chia in seinem Vorwort

Diese Bücher erhalten Sie in jeder Buchhandlung.
Ein farbiges Büchermagazin mit unseren lieferbaren Titeln
senden wir Ihnen auf Wunsch gerne zu.

ARISTON VERLAG

Hauptstrasse 14	Karl-Theodor-Str. 29
CH-8280 Kreuzlingen	D-80803 München
Tel. (0 71) 672 72 18	Tel. (0 89) 38 40 68 0
Fax (0 71) 672 72 19	Fax (0 89) 38 40 68 10